評伝　森崎和江

女とはなにかを問いつづけて

堀　和恵

藤原書店

はじめに

二〇二二年六月、作家の森崎和江が九五歳で亡くなった。植民地朝鮮で生まれ、日本という国の原罪、そして自分自身の原罪を生涯にわたって見つめ続けた人生であった。敗戦の時、一八歳の森崎は既存の思想や概念を一切捨てた。近代資本主義におかされていない「ほんとうの日本」を探す旅に出る。日本の中央からもっとも遠い、文字どおり「地の底」へと降りていくのだ。

旅を重ねて森崎はやがて、「天皇制」と「近代」がさまざまなものを分断し、断層をうみだしていることに気づいていく。日本とアジア、中央と地方、男と女……。そしてその分断を乗り越える道をひたすらに探っていくのだ。十代の後半、森崎は「女とはなにかを知らせるために生きる」と宣言している。ウーマン・リブやフェミニズムという言葉も生まれていない時代に、たった一人、徒手空拳で男と女の断層を乗り越える道を追求していこうとした業績は大きい。

そして百年サイクルの「近代」を超え、千年サイクルの「産といのちの思想」へと、しなやかな歩みを続けていく。

評伝　森崎和江　目次

評伝　森崎和江

女とはなにかを問いつづけて

第一章

地の底へ

一　朝鮮から日本へ

朝鮮で生まれる

森崎和江は一九二七年（昭和二）四月、教員の父の赴任先であった朝鮮の慶尚北道大邱（たいきゅう）で生まれた。父庫次（くらじ）三〇歳、母愛子二一歳の長女で、三年後に妹節子、その二年後に弟健一が生まれている。

家にはお手伝いのオモニ（朝鮮語で乳母）や姉（ネエ）やがいた。幼い和江は、ネエヤに負（おぶ）われてそのかおりを知り、肌ざわりを知り、髪の毛を唇でなめ、やきいもを買ってもらい、眠らせてもらった。

家は大邱府の南の郊外にある日本人住宅地にあった。四、五歳の頃、父と母とつれだって散歩に出かけた。母は妹を抱き、さらに身重だった。土手の向こうに大邱川があった。母ひとりなら決してつれていってもらえないところである。

「遠くにいってはだめよ。知らない人に連れていかれるよ」

母は決まってそう言った。

「ひとりで川のほうに行ってはだめよ。さらわれるからね」

その言葉の奥に何があるのだろう。幼い和江にはわからなかった。大きくなるにつれ、それが植民地朝鮮の中の「鎖国的境界」であることを知っていく。

川の向こうに丸い藁屋根の家が集まっていて、白いのぼりが見えた。朝鮮人の村での村祭りらしかった。歌と太鼓の音が風にのって聞こえてきた。本当は、自分たちが暮らしている土地は朝鮮人のもので、彼らが血を流して開墾した地であるとは、和江は考えもしなかった。

一家は朝鮮語を使えなかったから、母はオモニにはなしかけられると、

「朝鮮マル、モルゲッソよ」

朝鮮語は知らないの、といい、そして問いかけた。

「イルボンマル、オモニ、アンデ?」

「アンデヨ」

日本語、お母さん、だめなの? だめ、だめ——和江は母とオモニの会話をそのようにはなしているのだろうと思って、聞いていた。

だがお手伝いのネエヤは、すぐに日本語を覚えた。和江が朝鮮の言葉を覚える必要はなかっ

た。それは、「韓国併合」後は、日本語が強制されたからであった。

朝鮮での五、六歳の頃の体験である。

古代国家新羅の王陵へと続く並木を、和江は父と歩いていた。そこでひときわ大きなポプラの木に出会った。和江は木にしがみついてみた。

「びっくりしたよ。木が生きていたんだもの。ザーッと、川水のような音がした」

つむっていた目をあけて見上げると、雀が高い木の中で、何百何千と群れていた。

夕焼けがひろがっていた。父がにっこりとうなずいてくれた。

一〇代も半ばになると、「権力によって民族語をうちくだくことは許しがたい残忍さ」であることに、和江は気づいていく。ことば一つをとっても「わたしたちの生活そのものが、そのまま侵略」だったのだと、振りかえらざるを得なかった。自分の出生が――生き方でなく生まれた事実が――そのまま罪であるという思いは、その後の和江をずっと苦しめていくことになる。

一九三八年（昭和一三）、父が同じ慶尚北道の慶州中学校の初代校長となる。朝鮮人日本人が共学の学校であった。それに伴い、和江ら家族も慶州に転居した。和江は小学校五年であった。

慶州は朝鮮民族が七〇〇年代に統一国家を形成した時代、つまり新羅二〇〇年間における首都

父庫次、母愛子、弟健一、妹節子、和江。1938年4月

であった。慶州にはいくつもの古墳があり、歴史の香りに充ちていた。街も人々も、典雅な趣を持っているのだ。街のいたるところには、新羅王朝時代の石仏や石塔などの歴史遺跡が残っている。また神話や伝承も、それら遺跡にまつわりつつ伝えられていた。

ポプラ並木が続く慶州を散歩しながら、父は和江にこう語った。「朝鮮語でナラ（奈良と同じ発音）はクニという意味だそうだ。朝鮮は文化の先達だったんだよ」

植民地に生まれ育った和江にとって、朝鮮半島の人と風土はまさに故郷（ふるさと）となっていった。後に和江はこう書いている。

私の原型は朝鮮によってつくられた。朝鮮のこころ、朝鮮の風物風習、朝鮮の自然によって。私がものごころついたとき、道に小石がころがっているように朝鮮人のくらしが一面にあった。それは小石がその存在を人に問われようと問われまいと、そこにあるようなぐあいにあった。

（『ふるさと幻想』）

小学校二年生では、こんな体験もしている。

二年生になった和江は、少しずつ行動範囲をひろげていった。ある時、和江は友だちに言った。

「ねえ、片倉製糸の中を見せてもらわない？　絹糸を作ってるのよ、ここ」

和江たちは係のおじさんに案内されて、工場に入った。そしてすぐに和江は後悔した。女の子と目が合ったのだ。くるくると廻る機械の前に腰かけて手を動かしながら、ちらと和江を見たのだった。その子は、自分より幼く見えた。その目はかなしげだった。汚れた白いチマチョゴリを着ていた。

「もういいです。ありがとうございました」

そう言うと、和江は工場を出る。まだ見て廻りたい友だちにわるいと思ったが、工場はつらすぎた。和江は絹の糸は、繭を機械に入れるとひとりでに糸となって出てくるものだと思っていたのだった。工場で働く女たちは、みな朝鮮人だった。もう二度と片倉製糸には入らなかった。

一九四三年（昭和一八）、父は慶州の西方にある金泉中学校校長へと転任。これに伴い、和江も金泉高等女学校に転入した。ここで和江は、朝鮮人クラスメート数人と友だちとなった。

時代は戦争の泥沼へと傾き続けていた。民主的な教師であった和江の父は、常に憲兵に監視されていた。ある時、父はこう言った。「ぼくは前からも後ろからもピストルでねらわれている」――朝鮮の人たちからは日本への反感、憲兵からは監視という板挟みに苦悩する日々であった。時おり、父は刑事によって連れて行かれることがあった。

そしてある日、友人である朝鮮人のクラスメートが、運動場で二言三言、朝鮮語で早口に叩きつけるように言うと、両手を肩まで上げてひらひらと民族舞踊の振りをしたのだ。ほんの一瞬のことで誰も気づかぬような一齣（こま）だった。

和江は胸を突かれ、反射的に父を呼び出しにやってきた刑事を思いうかべた。その踊りの手振りは、彼女の反時局的心情であることは目にみえていた。

また和江には、家にやってくる仲のいい朝鮮の少女ができた。母が気に入っている二、三歳年下の少女であった。彼女は学校に行っていない。ある時、少女はいった。

「あのね、おじいさん（ハラボジ）が言った。日本はもうすぐ敗けるって」

「おじいさんが？」

「みんなお祈りしてるよ。王さまのお墓の前で、夜になったら」

「日本が敗けるように?」

「そう」

森崎は、誰かに聞かれているのではないかとハラハラした。

「こんなこと、ほかの日本人にいってはダメよ」

「いわない」

五陵の丘のしんしんとしたたたずまいが目に浮かんだ。父の学校の中学生も夜ふけに、きっと祈っているだろう……。

父を支えようとした母であったが、胃がんになってしまう。手術をしたが再発し、徐々に衰弱していく。母は和江の顔をみると「和江は長女なんだから、しっかりしないと、おとうちゃんが困るでしょ」と、繰り返し言った。母が亡くなったのは、一九四三年(昭和一八)の春であった。和江は一六歳になるところだった。

日本へ

翌年、一七歳になった森崎和江は進学のため、日本に渡った。当時、内地に渡るのは、危険きわまりないことだった。関釜連絡船の大勢の兵隊にまぎれこんで、胸の前後に救命胴衣をつけて森崎は緊張していた。一般の乗客はチラホラ。女の子は見当たらない。関釜連絡船の他の一隻は、機雷にふれて沈没していた。なんとか無事に朝鮮海峡を渡って、和江は下関から上陸した。

森崎は福岡県立女子専門学校の保健科に入学して、女子寮に入った。だが、半年後には学徒動員されている。行ったのは、九州飛行機工場で製図室に配属された。

寮から飛行機工場には電車で通った。『源氏物語』とギリシャ神話とを、防空袋にいれて満員の電車にゆられて行った。なるべく戦争から遠い書物を握りしめて死のう、というような気持ちだった。

製図室にいた九大の学生たちは、ほぼ全員が「非国民」といわれる出征できない男性、つまり結核患者だった。森崎もたちまち感染して微熱が続いた。一九四五年八月、敗戦のラジオ放送は、製図室で聞いた。

敗戦以来、森崎は数多くの書物を読んだが、それはどれも、ノウ！という否定にみちみちた感性と意識でもって読んだのだった。敗戦までの書物は、源氏もギリシャももとより否定してしまう。戦後はなばなしく登場してきたマルクスやエンゲルスも、ろくに読めもしないのに、やはり激しくノウ！　と森崎は叫んでしまった。

一八歳の時、森崎は既存の思想や概念を、一切捨ててしまったのだった。

戦争中は、日本民族は「天皇」をいただく神の民であり、アジアを支配する使命をもつ、と国民すべてが信じこむような風潮におおわれていた。その国家ぐるみの民族観を、政治思想的にのりこえるだけではなくて、民族のくらしや根っこから問いなおし、組みなおしていかねば、森崎は自分自身を生むこともできない……と思いつめていた。

父と弟妹が、リュック一つで漁船で引き揚げてきたのは、敗戦間もない九月であった。家族は父の生家である福岡県の浮島の叔父の家に身を寄せた。

「よう帰って来らしたのう」と、入れかわり立ちかわり人が訪れる。だが、いたわりやねぎらいの気持ちが森崎にはいとわしかった。しめり気を含んだ日本のやさしさは、自分の育ったものではない違和感を覚えていた。和江は「落着きなく坐っている」しかなかった。

さらにどこに行っても、「あなたのおくに（郷里）はどちら？」と聞かれることにも閉口した。

「おくに、って」

「生まれたところ」

「ああ、朝鮮です」

「えっ――でも、ご両親のおくには」

「九州ですけど」

この会話は、何十回、何百回となく繰り返された。なぜ、日本の人は、出身地にかくもこだわるのか。どうして狭い範囲で、人を色分けするのだろう。数年のあいだ、和江は理解できずにいた。これが日本の地縁血縁共同体の、外来者に対するほとんど無意識な識別であった。

後に森崎は、こう書いている。


一体、日本とは何だろう。

私は日本とどうつきあえば生きていけるのだろう。

（『大人の童話・死の話』）


戦争中は朝鮮でも、たくさんの神国日本の声を聞かされた。天皇のために死ぬことこそ、無上のしあわせである、という考えを教えこまれたのだ。だが森崎は、掃除当番で教職員便所を掃いたりしながら、「おそれ多くも、もったいなくも、皇后さまのうんこはね、白の羽二重にくるみま～す」などとふざけていた。神国日本というのが、さっぱりわからなかったのだ。だが進軍ラッパは、神の声とともに響き続けた。そして多くの他国の人々を殺したのだ。

ともあれ、居心地の悪さを感じながら日本の進学先で過ごしていたのだが、「日本のほかに生きる場所がない」となれば、森崎は自分なりの生き方を探すしかなかった。森崎はこう記す。


それは自分の中の日本人の発見でもあります。また、未知の日本の風土に、それまで私に命令しつづけてきた日本精神とは質のちがった、私の好きな日本を見つけだすことでもあります。そうせねば堪えられないし、生きられない。私は見つけだした日本の中に埋もれたい、と思いました。そうして、そうすることで、私のてのひらにのこっている、汚れた夢の罪深さを忘れたい。つらくてたまらないのです。（中略）
戦争が他国の人を殺した、と私は書きましたが、そのことをふくめた近代史の中に、私は自分が植民地・朝鮮に生まれたことを加えずにはおれません。自分を除外してしまうことができないのです。植民地での誕生は間接的な殺人であったのですから。（〃）

そしてまた、森崎が九州に来て仰天したことは、おっぱいをぶらさげた腰巻き姿が村道をゆききしていたことであった。またその天真らんまんな人びとが、どこかいつも口ごもりがちなのが気になった。村人たちは和江をみるといつもにっこりして、くつろぐようにいった。

「服ども脱いで、肌着になりなさらんの」

また、村の湯は男女混浴だときいた。森崎は好奇心で、従妹について行った。だが、たちまちひるんでしまった。板がこいがじめじめして、湯の中までその腐食が及んでいる気がしたのだ。従妹はもう浴槽につかって男の声と冗談をいっていたが、森崎はもう二度とは来ぬと身をちぢめていた。

そして後年、森崎はいつまでも七輪に炭をおこしての煮炊きには苦労した。まわりの者は「まだ、日本が分からないのかのう」とからかった。サンマの煙にむせながら、小さく小さく身をかがめねばならない日本の風景に馴れようと、森崎は努めた。

この頃の冬のことである。

文学仲間であるひとりの男子学生が、女の人生観はどうなってるんだろうな、どんなぐあいに自分と社会が結びついているんだろう、よくわからんと言った。そしてこうも言ったのだった。

「女は男を媒介にして、社会と結びついているんだろ。そんな人生をよく平気で生きるなあ。君はどんな必然性を自分の人生に感じているの」

雪が降っていた。彼は軽蔑の調子で言ったのではなかった。彼の愛に、はかばかしい返事が出来ないでいる森崎の心をさしのぞこうとするように、そう言ったのだった。森崎は雪をみながらこうつぶやいた。

「あたし、女とはなにかを知らせる。社会へ、それを知らせるために生きてる……」

帰国してからしばらくたつと、父は村人たちから村長の仕事を依頼された。だが父は村長の依頼を固辞して、一家は久留米市に移ることになる。森崎は微熱が続いていて、女専を卒業した後、佐賀県の中原療養所に入所するはめとなった。療養所は海岸に近い松林の中にあって、八病棟のうち七病棟が男性で、女性は一棟だけであった。女性病棟の下を毎日のように棺（ひつぎ）が通った。だが、森崎は喜んでいた。自分に向き合えるたっぷりした時空がうれしくて、ベッドの上で詩を書き始めたのだった。

『母音』のころ

森崎に転機が訪れる。一九四九年、二二歳の時に主治医から一時帰宅を許された。森崎は列車を乗りついで久留米市からバスに乗った。戦後しばらく走っていた木炭バスであった。なにげなく窓の外を見ていたら、電信柱に「母音詩話会　丸山豊内科医院にて」とある。これを啓示というべきか、すぐにメモをとった。

数ヶ月後、療養所を退所した森崎は、焼け跡の中を必死に探した。そして丸山医院に辿りつく。意を決して、持参した詩「飛翔」を見てもらった。

おおきなカアブを描いて過ぎてゆくあなたは
かろやかに一つの扉を押したようだ
（中略）
急がぬあなたのほほ笑みが

『母音』メンバーと。右から2人目に丸山豊(1915-89)、左から4人目に和江。1957年

屋根屋根に夕光のうつろいをみせる
飛翔そのものがいのち
飛翔そのものが結実（みのり）　（後略）

丸山豊はにっこりと微笑んだ。森崎にとって、まるで目の前の流木にでもすがりついた気持ちだった。丸山は九州の詩人たちのリーダー的存在であり、指導者であった。彼のはじめた詩誌『母音』は、すぐれた感性で戦後の詩を開拓していた。そして森崎は『母音』の同人となった。

『母音』の詩話会は和気あいあいとしたものであった。菜の花畠を通って、筑後川の土手の草の上で詩話会は催された。「ほら、見てごらん。地球の曲線が見えるよ」と丸山が言った。

森崎は、自分の生きる道をさがしあぐねていた。ただ一篇の詩を書くことで一日生きるかのような心境であった。母国に違和感を持つ苦しさにうめき続け、かつ脱出を試み続けていた。

ある時、丸山はこう言った。

「和江さんは原罪意識がつよいね。それは植民地体験からきたの？

ぼくも……」

その後は続かなかった。森崎も同人たちも知らなかったが、丸山は軍医としてインパール作戦に参加。白骨街道をわずかな兵と共に生還していたのだった。詩人丸山豊の温顔の内側に、他人を殺傷して生還した人間の苦悩がたえまなく血を流していたのだった。

一九五二年、二四歳のときに森崎は、医院の診療所で出逢った松石始（まついしはじめ）と結婚をする。丸山夫妻の媒酌であった。松石は長男であったが実家には住まず、二人は県営住宅に住む。そして彼は当初はサラリーマンであったが、のちに書家に転身する。

森崎が結婚すると告げた時、浮羽東高等学校に勤めていた父はこう言った。「女も日に三度火を起こすだけでは駄目だ。社会的にいい仕事をせよ」また、こうも言っている。「平凡に徹して生きよ」

だがこの年、父は膵臓がんで帰らぬ人となった。

森崎はこの結婚を通して、日本の生活にまみれることができるのではないか、と密かに考えた。そして、愛らしい茶碗を並べたりした。しかし、そんな行為について、森崎は後にこう書く。

わたしにとってどんなにけんめいなおしばいであるかを、夫はわたしを抱きよせることで気づいていました。そしてみずからの庶民性を閉鎖させてわたしへ向かってくれようとしました。(中略)

この日本で生まれこの住んでいる町を掌を眺めるように知っている夫から、その知っていることの内側のことばで話かけてもらいたかったんです。

それでもわたしのとんちんかんな応答は、いつも的をはずしていっていたのでしょう。そしてただいたずらに理屈っぽくしつようで、夫を困らせました。

(『第三の性』)

松石は従来の日本人としての庶民性を捨てようとしてくれていた。長男でありながら、実家ではなく、森崎との暮らしを選んでくれた。森崎の思いは「日本人との一体感を捨ててほしい」というものだった。日本人ではなく、個人としての松石を選んだつもりだったのだ。

まもなく森崎は妊娠する。この時、森崎は不思議な体験をするのだ。

ある日、妊娠五ヶ月目に入った森崎は、友人と笑いながら話をしていた。森崎は、ふいに、「わたしはね……」と、いいかけて「わたし」という一人称がいえなくなってしまったのだ。森崎は息をのみ、くらくらとめまいがしてきた。

つい先ほどまで十分に機能していたはずの「わたし」ということば。ひとりのときも、会話のときでも、社会で通用する内容を持っていると信じていた一人称。私の存在の自称。その「わたし」が、なぜか、ふいに、胎動を感じながら談笑していた私から、すべり落ちたのだ。まるで、その内容では不十分だというかのように。

森崎が戦後社会で何よりも大事にしてきた一人称。だが、そのことばの核には、妊婦の感性が欠けていたのだ。この時の体験を経て、森崎は身にしみて感じとった。

そしてこの体験を繰り返し、繰り返し考えながら、森崎は後にこう記している。

「わたし」ということばの概念や思考用語にこめられている人間の生態が、妊娠の私とひどくかけはなれているのを実感して、はじめて女たちの孤独を知ったのでした。それは百年、二百年の孤独ではありませんでした。また私の死ののちにもつづくものとおもわれました。ことばの海の中の孤独です。

（『大人の童話・死の話』）

胎児という他者をはらんでいる女の一人称はないのか、と森崎には不思議だった。人間は生まれて、産んで、そして死んでいく……。その生命連鎖をみることによってのみ、いのちを捉えることができるのではないか。

だが死の哲学は数多くあるが、〈生〉、そして〈産〉を考える哲学はない。ことばが不足しているのだ。これまでの哲学では、概念が浅すぎることに森崎は気づいたのだ。子産みはずっと下級なレベルだと哲学からは切り離されてきた。そして、百年、二百年、いや千年にわたる女たちの孤独を、この時森崎は知ったのだった。

森崎は夫に言った。「二人で産みたいの」

夫は「分かった。ぜひ二人で産もう」と言ってくれた。だが当時は産婆さんが主で、里帰りして産むのが普通であった。森崎には帰るべき実家がないことはもとより、彼女自身その方式を望まなかった。ようやく日本赤十字の付属産院というのを見つけ、助産婦さんが、「ほんとに二人で産みたいの？　それがほんとうのお産ばい」と言ってくれたのである。

一九五三年三月、夫に抱えられ、ヒイヒイ、フーッと言いながら、森崎は長女を出産した。生まれてきてみれば、赤ん坊の完璧さに驚いた。くたびれ果てて眠っている夫のかたわらで、新米ほやほやの母は、赤ん坊に向かってこうつぶやいた。

「あなたは誰のものでもない。あなたはただあなたのもの」

弟の死

子どもを産んで一ヶ月後の四月――弟の健一がふらっとやってきた。

「和姉え、ちょっくら甲羅を干させてくれないか」

夜半、早稲田大学二年生の弟と話す。弟はジャーナリストを目指していて、高校生の頃は、久留米の家の屋根の上で「起て万国の労働者」と歌い、演説をしていた。

「自由は生であり、不自由は実に死であります。（中略）諸君、我々の自由の根底には、実に大きな不動の、一つの条件があるのであります。即ち人と人との相互の信頼であります」

彼は森崎と同じく、未知のくに日本での戦後八年間の、自分さがしの苦しい旅を続けていた。そしてこの夜、彼は日本の社会への絶望を語ったのだ。両親はまだ彼が自立していない時に他界していたから、経済的な援助をしてくれる人もいない。アルバイトをし、学費、生活費ともに自分でまかなっていた。彼はこう言った。

「ぼくにはふるさとがない。女はいいね。なんにもなくても子が産めるもの」

姉の森崎は必死にこう懇願した。「お願い、生きてみよう。生きてさがそう」――そして一晩中、弟の沈黙と向き合った。

その翌朝、「子どもを大切にね」と言って、彼は出ていった。

それから一ヶ月足らずの五月二二日、栃木県のとある教会の森で弟は自死した。「甲羅を干させてくれないか」というのは、しばしの居場所を、との叫びであったのだと森崎は思い知る。森崎は、二、三日でも、一ヶ月でも、もういいというまで、家でごろごろさせればよかった、と悔やんだ。そうすればきっと、弟は元気になったに違いない、そう思うと嗚咽が止まらなかった。

二 『まっくら』

谷川雁（がん）との出逢い

森崎は弟に死なれて以来、説明のしようのない空虚さを味わっていた。夫は親にかわってさまざまにつくしてくれていた。だがその空虚さは、今の家族とは、直接かかわりのないものだった。森崎にとっては、自分の前半生が閉ざされたような、もう自分の根が全く失せたような、さみしさだった。

翌一九五四年一〇月、一人の男性が森崎を訪ねてくる。谷川雁であった。

谷川雁は、一九二三年水俣に生まれた。戦後、西日本新聞社に勤め、労組書記長として活躍。九州アカハタの支局長ともなっていたが、その後結核のため阿蘇で療養生活を送っていた。『母音』の同人であり、この年の五月に、詩論である「原点が存在する」を発表している。その『母音』を携えて、夜おそく「森崎和江さんに会いたい」と突然訪ねてきたのだ。『母音』には、森崎が弟について書いた詩「悲哀について」も掲載されていた。

警笛もとどかぬ場所で
おまえは死に絶える。
わたしは木の葉とともに舞い上がり
舞いおちて
ちぢかんだりひろがったりする世界のまわりに
波動の円をえがいていく。
ちらと
おまえの一点をさがしながら。

谷川は唐突に言った。「あなたと仕事をしたい」「二人で雑誌を出そう」。そしてこうも言った——「弟の仇を共に討とう」

仇を討つというのは、荒廃した日本を変えよう、日本を根本からつくり直そうということであった。この時、森崎は一歳の長女を寝かしつけていた。谷川はその枕元に正座したまま、夜が白むまで動かなかった。

この後、森崎と谷川は幾度か手紙を往復させた。翌年九月、『母音』に谷川と森崎の公開書簡が掲載される。谷川の手紙である。

邪馬台国の虹！　この半年断続した私たちの文通は、この世に公明にして奇怪な関係が存在することを告げました。浜辺に住む傷だらけの節足類と清らかな野の夫人がその育ちも境遇もよく知らぬままに倫理上の生硬な見解をとりかわしてきたという事実は……若くもなく老いてもいない男女の会話、既婚の男女の内的な友情を表す語法……これはわが国語のまだ達成していない領域ではありますまいか。

谷川雁への返信

『母音』の同じ号に掲載された森崎の返信である。

お手紙ありがとうございました。細かい御配慮のもとに御書き下さった事を感謝しています。「既婚の男女の内的な友情を表す語法」がたしかにみつからなくて、私はいつも弱りました。「障碍（しょうがい）はまさに思索の言語と女の言葉との断層にありました」とおっしゃるとおりで、それは男性の発想の場及び方法と、女性のそれとの隔絶と非伝達性でもあったようです。（中略）

女性特有の言語の周囲に張りめぐらされていた万里の長城は、生理的差異という素朴な美さえ冒瀆し、女性のエロスを衰弱させた古びた生活様式の結果であり、その間隙から時代は容赦なく浸透して、もはや限定された言語では盛り切れないものを女性にも要求してくる。（中略）

私は、女の言語や感覚の革新には、男性が目を閉じて神秘的領域にふみ込むようにして下さる事よりも、台所を讃えて下さる事よりも、社会的合理性で処理して下さる事よりも、一層身近く、個々の問題として、個体と個体が具体的にふれてゆくことが先決だと思ったものでした。そして初めて、友愛や同志愛という言葉が生命をもってくるのではありますまいか。

（『森崎和江コレクション　精神史の旅1　産土』）

この後も森崎と谷川は、幾度も手紙を往復させて二人の合意点をさぐっていった。弟に「子を産むことによって、肉体に思索の原点をおける」といわれたことは、森崎を深い懊悩に落としこんでいた。その苦悩のど真ん中に手を差しのべて、交錯、対話できたのは谷川だった。

だがこの時、夫の松石はどのように受け止めていたのだろうか。後に森崎はこの時のことを、『第三の性』で書いている。森崎は沙枝（さえ）という女性に託して、夫にこう話している。

「わたしが焦っているのかもしれないけれども一息に追いつめてみたいんです。彼（谷川）とはなんとか対話がひらけそうな気がするの。問題意識が近い気がするんです。見渡したところ言葉に首をつっこんでいる人たちの中で、この人を相手に共同で追求していきたい、いける、と思える人は、今のところほかにみあたらないの」

松石はここで引き留めた場合、森崎は弟を追って自殺しかねないことが、痛いほどわかっていた。松石には、森崎の性格と抱えている問題の深さが、誰よりもわかっていた。その上で、森崎を外の世界へ送りだそうとしてくれた。夫のもとを離れて、別の男のところに飛び立とうとしている森崎を許したのだ。そしてこう言った。

「沙枝（森崎）はそれを通らねばうまく自分を形成しえないと感じているのだからやむをえない。やりたいと考えていることはやっていきなさい」

「沙枝は途中でへこたれぬ覚悟があるのだろうから、こちらのことはかまわずにやっていくのが本当だね。思想の力というのは、人々をなぎたおしていく面があるのだから、沙枝が一々ことわりをいい、相談するのがむしろ変なものかもしれないよ、元気をだしなさい」

松石はかえって、森崎を励ましてくれたのだ。森崎の目から、涙がとめどなく流れ落ちた。この夫に何の不足もない。なのに、自分のわがままのために、夫のもとを離れて谷川のところに行こうとしているのだ。それを寛大にも夫は許そうというのである。森崎は松石の人間性にことばにならない感謝の念をおぼえた。だが、みずからがもう引き返せないところまできていることを、確かに感じていた。

しかし、森崎が谷川と共に歩むことを決意するまでには、四年近い月日が流れることとなる。一九五六年、森崎は長女に続いて長男を、ラマーズ法で産んだ。またこの年、丸山豊に連れられて西日本新聞社とＮＨＫ福岡放送局を訪ねている。丸山は「この子をよろしく」と紹介してくれた。これを機に森崎はエッセイやラジオドラマなどを書き始めるのだ。

谷川は、詩集『大地の商人』（一九五四年）、『天山』（一九五六年）を発表した。また水俣の病院で、胸郭成形手術を受けている。そして谷川にも家庭があり、化粧品やアクセサリーなどを売る小さな店「にじや」を妻とともに開いたりしていた。彼はこの店について、「失業対策と療養を兼ねて」「いうも愚かな小間物屋」と表現している。

森崎の旅立ち

長い模索の果てに、森崎は一九五八年初夏、三一歳の時に家を出る。娘は四歳、息子は一歳半であった。ひとりを負いひとりの手を握って、迎えに来た谷川に連れられて森崎は旅立った。その後、森崎と松石は協議離婚することになる。

子らは無邪気に列車の窓から、父親に手を振っていた。森崎は、子どもらとその父親とのあいだを、生涯切らないようにしよう、と堅く決心していた。また谷川も娘を連れてきていたので、大家族となった。後に森崎はこう記している。

心は二重になっていて、家族なしでひとりで生きている私と、それから、私も男（谷川）もそれぞれ子どもを連れて来たのでその子らと、私たち親世代をみなひっくるめた大家族の中の私、この二重の世界を大切にした。子どもたちはパパもママも二人ずついるよ、と友人や先生に語りのびやかに育っていった。運動会や父兄会に、私は二人のパパをさそって出かけた。

私たちが心がけたことは、子どもたちの開放的な成長で、それは親世代の責任だと思った。私の子どもの実の父が再婚してからは家族ぐるみで行きかい、それは今に及んでいて、私には身近な縁者となった。

（『産小屋日記』）

谷川も森崎の考えを受け入れて、「今日からぼくもパパだ」と言い、てんやわんやの子育てに手を貸した。森崎は子どもの消息を細かに、三日と開けずに父親に書き送った。子どもの描いた絵なども送った。娘は、「パパさみしいですか。さみしかったらかえります」と、おぼえたての字でたどたどしく書いている。やっと書いた文字に幼い子の万感がこもっているのがみえた。

谷川と森崎の出会いは、まさにイザナギ、イザナミのように神話的であった。この二人は、男全体（女全体）の中から、まさしく格別に選ばれた者同士のように巡り合い、共同したのであった。

炭坑の町、中間（なかま）へ

森崎と谷川は、筑豊炭坑が広がる福岡県中間市に移り住んだ。元は医院だったという家の、前半分には一年余り前から上野英信・晴子夫妻が住んでいた。その裏に住んだのだった。二つの家族の間には、壁一枚があるだけだった。上野晴子は『キジバトの記』でこう書いている。

玄関ともいえない狭い入り口の、土間と台所の仕切りに掛けた短いのれんを片手ではねて、雁さんの顔がぬっと入ってきた。そして一瞬のうちに私と家の中のすべては見られてしまった。にこりともしない切れ長の鋭い目と高い鼻、一文字にひきむすばれた口元、黒々と光る豊かな髪、ちょっととりつきにくい雰囲気の雁氏の傍らで、小柄な和江さんの美しさは透き通るばかりだった。初夏にふさわしく薄紫のスミレ色のツーピースを着て、家の側の枕木を踏む足取りも跳ねるように軽かった。二人の子どもの母親とはとても思えないほどたおやかで、どこか女学生風でもあり、それでいてほのかな色気が同性の私にも感じられた。ああ、こんなきれいな人とこれから隣同士で暮らすのかと思うと私は誇らしいようなときめきをおぼえた。

雁さんと和江さんが、どのようないきさつを経てこの日を迎えられたか私は殆ど知らなかった。二人の新しい生活がここから始まるのだということ、それは私などの常識では計りきれない夫婦の形であろうことを漠然と察してはいた。

森崎と谷川はいつも思想や芸術について議論をしていた。特に谷川は原稿を書き上げるやいなや、いつも森崎を呼んだ。森崎が入浴中なら風呂場の前で、炊事中なら鍋の前で、弁慶の勧進帳よろしく原稿を読み上げるのだった。上野晴子は「詩人夫婦の関係は、俗を離れて高尚な空気が流れていた」と振り返っている。

筑豊は明治以来、日本の産業の発展を支えるエネルギーの供給地だった。一世紀に近い年月にわたって、全国総出炭量のおよそ半分におよぶ量の石炭を算出し続けた。わが国の資本主義化と軍国主義化を推し進める重工業の歯車は、この地の黒い熱エネルギーによって廻り続けた。三井、三菱をはじめ大小の財閥が資本を投下して、炭坑労働者を酷使してきた。募集に応じたのは、各地の食い詰め者、流れ者であった。

上野英信は谷川と同じ一九二三年生まれで山口県出身、学徒動員で見習士官となり広島市宇品（うじな）で原爆投下に遭遇、被爆している。戦後は炭坑労働のかたわら、労働者による文芸サークルを組織していた。一九五三年、共産党入党。谷川と上野は数年間同じ九州で活動しておりお互いを意識していたが、一九五八年一月に、はじめて実際に顔を合わせた。そして谷川と森崎を中間に招いたのは上野だった。

上野はこの二年後、『追われゆく坑夫たち』を出版する。生涯、炭坑労働者の生きざまを描き続けることとなる。

文化運動誌『サークル村』

筑豊に腰を据えた一九五八年九月、谷川、森崎、上野らは文化運動誌『サークル村』を発刊する。

一九五〇年代は、全国的にサークル運動が活発化した時代でもあった。それまで日本の労働運動は、企業別組合に依拠しているという大きな弱点を持っていた。その企業の枠を乗り越えて労働者同士の交流を生み出したのが、サークル運動であった。身近な仲間とともにサークルを組織し、文学、うたごえ、生活記録、演劇、美術、学習といった様々な文化活動に取り組む動きが職場に広がっていった。

谷川らは、九州、山口に散在する各種のサークルの交流をすすめ、そのネットワーク化をはかろうとした。会員二〇〇人の中には、坑夫、製鉄所員、郵便局員、紡績工員、教師、鉄道員など多種の職業の者がいた。『サークル村』誌上には、「往復書簡」「内政干渉」の欄が設けられた。そして総会・懇談会も開催されて、会員同士が誌上でまたは直接、自由に意見交換し交流する機会が作り出された。

なかでも炭坑はサークル活動がさかんであった。労働運動とサークル運動の間には密接な関係があった。サークルには「政治的な問題意識の強い組合員」が集まる傾向があり、しばしば

左から上野英信、朱（背中の子）、晴子、和江、谷川雁。1959年、中間市にて

会社側も労働組合以上にサークルを警戒するようになっていた。

『サークル村』の創刊宣言を書いたのは、谷川だった。それはこんな出だしで始まる。

「一つの村を作るのだと私たちは宣言する。奇妙な村にはちがいない。薩摩のかつお船から長州のまきやぐらに至る日本最大の村である」

創刊宣言は「さらに深く集団の意味を」と題されていた。日本の「共同体」の閉鎖性を、サークルが克服しなければならない、最大の課題として位置づけたのだ。谷川は「横の連帯感」を発展させることによって、その課題を克服しようとしていた。

森崎もまた、この炭坑で自分自身の問題の手がかりを見つけようとしていた。後にこの頃の体験を『闘いとエロス』に書いている。それは次のような一節ではじまる。

「やつら、どぎもを抜かれてんだぜ。日本の労働運動史上で、炭坑に女を連れてはいったものはいやせんのだから」

顎をあげて、ほがらかな顔をしていた。

「女？」

わたしもわらった。

「女かどうかわからないわ、あたし」

「なにいってんだい、二人も生んで」

「そんなこと！

あたしねえ、女をみつけたいのよ。あなたの奥さんや女房や細君や妻などにはならないわ。結婚って一度すればたくさんだわ。あたし、もうたんのうしたのよ。あなたとは友達になりたい」

「君はぼくの女さ。女性なるものの集約さ。しかしいま事故死でもすれば、君はさしずめぼくの情婦って新聞に書かれることになるぜ」

「情婦？　ばかみたいね」

二人はその日一日中、ある炭坑にいた。室井（谷川）は労働組合と、契子（森崎）は炭坑主婦協議会の人々と、サークル交流誌の会員獲得の工作のために、炭坑地帯をまわっていたのである。帰りに炭坑の駅前宿の便所にとびこんだ彼女は反射的に走りだして彼を追った。


「ねえ、たいへん。トイレがないの」

「あったじゃないか、君、行ったんだろ」

「でもないのよ」

「あるじゃない」

「うそ。あれ男性用よ」

「はやく行っといで。だいじょうぶできるよ」


彼女はバケツが伏せてあった便器にながい放尿をし、今日一日の体験がつまっているのだなと思った。「にほんの女は立小便が本筋なんだから」という言葉を噛み締めた。トイレやお手洗いではなく、「べんじょ」と発音できるようにならねば……というのが、その日のひそかな結論であった。

『サークル村』がのびやかに発展すればするほど、原罪意識が鉛のようにくいこんでいる森崎の心は、どこか疎外感にさいなまれていた。谷川は創刊宣言を書くかたわら、薪を割ったり子どもたちを寝かしつけてくれた。そして「君は日本を知らないからいうけど、冬の阿蘇は君も気にいるぜ」と語った。またかまどでごはんを炊きながら〈はじめチョロチョロ、なかパッパ〉などと教えてくれた。

森崎はかまどの火をみつめながら、何はともあれ、なじまなければならない、この日本に、と思っていた。日本の侵略の炎が朝鮮半島を焼いたことを考えながら。

女性交流誌『無名通信』

それでも森崎は『サークル村』に文章を積極的に寄稿し、また集会にも頻繁に参加した。だが次第にその運動が、やはり男性中心主義に傾きがちなのを感じ取っていた。そして森崎は一九五九年八月、女性交流誌『無名通信』を発刊する。その創刊宣言は、「道徳のオバケを退治しよう」と題した次の文章で始まっている。

わたしたちは女にかぶせられている呼び名を返上します。無名にかえりたいのです。なぜならわたしたちはさまざまな名で呼ばれています。母・妻・主婦・婦人・娘・処女

……と。（中略）

わたしたちの呼び名に、こんな道徳くさい臭いをしみこませたのは、家父長制（オヤジ中心主義）です。

無名通信

1959.8.1 NO.1

わたしたちは女にかぶせられている呼び名を返上します。
無名にかえりたいのです。なぜなら

道徳のオバケを退治しよう
ヘソクリ的思想をめぐって

わたしたちはさまざまな名で呼ばれています。母・妻・主婦婦人・娘・処女……と。たとえば「母」は、「水」などと同じことばの質をもっているはずです。ところが、それがなにか意味ありげなものとして通用しています。まるで道徳のオバケみたいに。献身的平和像、世界を生む母などという操論をくっつけて。女の矛盾はみなここで溶けてなくなってしまうかのようです。

わたしたちの呼び名に、こんな道徳くさい臭いをしみこませたのは、家父長制〈オヤジ中心主義〉です。その弊害から脱けようとして、女の繋りがつくられてきました。が、女の力を集めることで家父長制はやぶられるでしょうか。また、男の家父長制をとりのぞくことで、女たちは解放されるでしょうか。

いま、どういう形で女たちは組織をつくっているでしょう。たとえば炭婦会を例にしますと、「ヌ」です。わたしたちは労働者の妻です。夫の要求は妻も共にたたかいとるべきです。わ

—1—

森崎は女たちが団結して、家父長的なもの、男性中心的なものを打破していこうと呼びかける。それには、社会が変わる前に、まず自分たちが変わらなければならない。単に男対女ではなく、女性たち自身が閉ざしている殻をやぶり、被害者意識を克服することである。みずから「女はこうあるべきだ」といった呪縛をとりはらって、名もない私になりましょう。そして、根源にかえって女たちも自分を生きましょう、という新しい考え方であった。

『無名通信』の会員は、宇部興産炭坑労組に所属する主婦のグループ、福岡市の大学・全逓・銀行などに勤務する者た

ちのグループ、中間市・山田市・水俣市・鹿児島市などのグループからなる百余名でスタートした。森崎はこう呼びかけた。

「みなさんのおしゃべりを文字にいたします。まだ書くことは苦手だけれど伝えたいこんなことがある、という時どうぞお知らせください。わたしたちは女から女へと代々何を伝えてきているのでしょう。それは言葉になっているのでしょうか。それを思想へと引きだすことはできるのでしょうか」

森崎は女たちの本音を吐くための、手がかりの一つをつくろうとしたのだ。誌面には各地の女性のエッセイや通信が数多く掲載された。また座談会がたびたび開かれ、そのテーマは「女たちは何が欲しいのでしょう」「女の故郷とは何でしょう」「婦人の労働について」「組織をめぐって」など多彩であった。良い意味での井戸端会議的で、参加者は自由に発言できる雰囲気であった。そして座談会の記録は『無名通信』誌上で公開された。

『無名通信』は地域を越えて草の根の女性たちが交流し、多様なテーマについて自由に意見を述べ合う場となった。既成組織に頼ることなく地域や職業を越えて、女性たちを広く組織した点、また後にフェミニズムと呼ばれる視点を打ち出した点は、同時代の女性サークルには見られないユニークな点であった。

だが森崎は『闘いとエロス』の中で、こう振り返っている。

諸現象に抵抗しつつ女たちに共通している意識の原型をさぐりあてることはなかなか困難であった。わたしたちには、何か根源的な打ち出しができていない思いがつよかった。女の全生涯を綜合的にとらえて対象化するキイ・ポイントは作られていない。その肝心な一点が、つまり女性像と世界像の接点が思想化されていない思いがふかかった。つるべは地下水にとどいていない。

聞き書き『まっくら』

はじめて炭坑を訪れた時、森崎はハイヒールをはいていた。だがそこはとてもハイヒールなどでは歩けない場所だった。大地が動くのだ。その動きにつれて屋根も波うっている。地面の中は空洞なので、地表は気ままに陥没する。川の水が渦まきつつ坑道へ流れこんで、地下で石炭を掘っていた坑夫が多数死亡したこともあった。

森崎の暮らしは、隣人の上野晴子の支えなくしては成り立たなかった。「ごはん一杯のこっていたら貸して」と言いあって、茶碗片手にお互いの台所を行き来した。そしてなんとか子育てと「自分さがし」を両立できたのは、近所の人の助けと『無名通信』の仲間の協力もあったからだった。また炭坑の人びとの人間関係のあたたかさは心に沁みた。買い物にいって「おばちゃん、原稿料が入るまで、これ貸しておいてね」といえば「ああ、よか、店のもの全部持っていけばよか」という懐の深さであった。

森崎は子どもの手をひいたり負ったりしながら、母国の母世代祖母世代の心と生活の根っこにふれようと、おずおずと中年老年の女たちを訪ねはじめた。侵入者をうさんくさそうな目で見、「あんた、だれな？　用はなんな？」と訊いてくるのは農家の主婦であった。「おくにはどこ？」と聞いてきた筑後の「村」を思い出した。それに対し炭坑の人びとは、農村では食えずに仕事を求めて流れてきた人びとだった。農村では「炭坑に行くと人間がわるうなる」と、生活風習の違う炭坑をおそれ、坑夫に閉鎖的であった。

農村とは違い炭坑では、「あんた、まあそこへ腰かけなさい」と名も素性も問わずに受け入れられた。そしてヤマの暮らしを話しはじめた。やがて話が進むとこう言った。

「あんた、惚れた腫れたもいいが、ほんとの人間を書かにゃ、つまらんばい。わしの話を聞きない。腹据えて聞きない。ええか」

こうしてはじまったのが、森崎の女坑夫からの聞き書きだった。「スラをひく女たち」と題して『サークル村』に連載される。スラというのは石炭を地上に出すための運搬用の籠である。坑道は狭いので、スラに紐をかけて四つん這いになってひくのである。肩は赤くなり、皮が破れて紐が食い込んでくる――森崎は懸命に聞いた。

坑内へさがりよったころは陽をみんことも多かった。子どもをかもうてやれんから、それがいちばんつらかなぁ。なんがうれしいというて、あんた、仕事がすんであがるとき、とおく、上んほうに坑口の灯がぽつんと見えるとな、もう、うれしくて。子どもにあえる！　子どもにあえる！　とおもったなぁ。ほんとに、あんた、こんなに細（こも）う、ぽつんと見上げるごたる上んほうに見えとるですばい。あがってみるともう夜になっとってねえ。子どもが坑口まで迎えにきとることもあったねえ。

（『まっくら』）

やがて「スラをひく女たち」は、『まっくら』と題されてまとめられることとなる。

地の底の世界

森崎はサークル活動に動きまわっている仲間から、話をしてくれそうな人を紹介してもらう。

「あんたのよろこびそうなおばあさんを紹介してあげるね。このまえ仲良しになっといたけど、そりゃ立派な話しぶりをするよ」

そんな風に人から人へと話を聞いてまわる。

隣近所が親兄弟よりしたしい。男も女もないですたい。隣が坑内からあがってくるのがおそくなっとりゃ、ガンガンに火をおこすときいっしょにおこしといてやる。魚を売っとりゃいっしょに買って煮とってやる。どっかいくときは「おい、このゆかた着ていくばい」「ああ、よか着ていけ」というふうたい。一事が万事、人と我と区別せんと。共同生活ですけん、ひとのことがじぶんのことと同じ苦痛になりますたい。

病気でもしてしてみなさい。出たり入ったり行ったり来たり。どこのだれが病気やらわからんごと気をつかう。貧乏といやこのうえなしに貧乏して、みんなばからしい三反田をのうならかして（なくしてしまって）流れこんどる。だれも彼も根っから炭坑もんじゃない。ここまでくるにはいうにいわれんつらい道を踏んできとる。県ちがいもんばかりたい。それがどうしてあんな深い気持ちでつきおうとったじゃろうか、といまでも思うたいの。

（〃）

また森崎は、炭坑住宅の共同ぶろへ行ってみた。突然、ざぶりと背に湯がかけられる。

「洗うちゃろう。背中は自分ではよう洗えんもんね」そして肩に手をそえ、「人にこすってもらうと気持ちよかもんね」と泡立つタオルでごしごしと、森崎は洗われた。脇腹も腰もお尻までごしごしとタオルは泡をとばした。炭坑で働く人は、うじうじとふろにやって来た新顔の森崎を、ざぶざぶと洗ってくれた。森崎は彼女たちの聞き書きをはじめて、その体験でもって、わが人生を洗ってもらうようだった。

森崎は文字文化の中の日本人は、もう結構だと思っていた。一〇代を戦時下に育っていたが、母国から届く書物の味気ないこと、人間の質の貧しさが、つらかった。あの頃の、砂を嚙むような孤独がよみがえってくる。森崎にとって、文字に縁なくそんなものを無視して暮らす人々は、新しい泉に思えた。泉にふれることで森崎は救われたかった。

森崎にとって聞き書き、いや聞き取りの旅は水を飲むようなものだった。森崎は、心を無にして、相手の思いの核心に耳をすませた。相手の語りたく伝えたく思っていることの、その肌ざわりを感じようとした。けっして、彼女は自分の予定テーマを持たぬように心していた。学問や文学のための聞き取りではなかったのだ。日本で日本人として生きがたく暮らしている女が、あなたはこの日本でどう生きておられるのですか、と問う。ただ、それだけだった。

こうした森崎の姿勢だったからこそ、元坑夫のおばあさんらは、心を開き、口を開いた。

そして繰り返し、彼女の言葉に出てくるのは、「農村からはじき出された人びと」というものである。農村――従来の日本の共同体、からはじきだされた人びと。

また炭坑では女も男と同じように働いた。そこでは地上の、家父長制と因習に縛られた共同体からも、図らずにも離脱できた人びとともいえた。

森崎は自身の中にも他民族をむしばむ弱肉強食の体質が保持されていることを意識していた。そして自分の中に、侵略者とはちがう核を見つけたかったし、そういう日本人を探してきた。炭坑を知って、権力や地位と関係なく、都市部や農漁村とも体質を異にし、男も女も働く日本人に接した。彼ら彼女らは、はじけるように明るく、地上の権威や常識をものともしなかった。それよりも大きくて恐ろしい地下の暗黒と日々たたかっていた。

「おてんとうさまの恵みのない、まっくらな地面の下は恐ろしかばい。神さまでちゃ、地下にもぐっとる人間ば見つけきらんもの。あたしゃ十三からまっくらな坑内に入ったばい」

これこそ、自分が探しあてた日本人だと思い、森崎は老女の言葉にふるえた。そして、その心意気の後尾につくことで、森崎は生まれかわりたいと思った。

後山（あとやま）の女、先山（さきやま）の男

坑夫はふつう男を先山（さきやま）、女を後山（あとやま）とよびあった。先山が掘った石炭を、後山がスラに移す。そして石炭でいっぱいになったスラを、傾斜した坑道を運んでいくのが後山だ。先山と後山は

夫婦で組むことが多かった。

女も男も同じこと仕事しよったですばい。こげな太か坑木でも何十間とかたげてきて、枠つくりもする。上の梁は鉄ですけ、函をおいてその上に乗って鉄枠をささげあげますたい。おとうさんとわたしとで、そげして交代にしよりましたと。

女のほうが力がないということはなかですばい。仕事は同じことじゃ。（〃）

坑内では女も男も平等に働いた。そして後山の女たちは、働かない夫はうち捨てて、さっさといいとよか男をみつけて、躊躇（ちゅうちょ）なく駆け落ちした。駆け落ち先が向かいあった家なので、子どもは両方を行ったり来たりして遊ぶこともあった。後山の女たちは、結婚という制度にはしばられてはいない。男性と互角に働き、伴侶も主体的に選んでいる。

暗いところですばってん、風儀がふしだらというふうじゃなかですと。冗談に「おれとどうじゃい」というふうなことはしょっちゅういいよりましたばってん、おなごに力づくでどうこうするというようなことはなかったですの。

坑内で男のいうなりにならないかんということぁなかったな。なんの、おなごに勝手な

手だしがでくるところじゃなか。たのしかったな、つらいことも腹いっぱいしたが。（〃）

この労働と開放感を軸にした逞しい女性が、後山の女だった。

地の底の神

炭坑の人びとは、ヤマの神さんを信心していた――地上で暮らす日本人にとっては、地面の下の労働など想像の手がかりさえない未知の世界の仕事であった。おてんとうさまの恵を受けて、種子をまき、収穫をして生き継いでいた日本人には、地面の下はそのまま死者の世を思わせた。炭坑は、生きたまま墓に入るようなものだと、と思っていた。

そこで、炭坑の中ではさまざまなタブーが生まれて人びとの安全を守っていた。穴といってはいけない。死人がでた家のものは坑内に入ってはいけない。子が生まれた家のものも、血で汚れているから入坑は禁止だった。女の月のさわりも赤不浄といわれ、坑内に入ってはならぬ、などさまざまなタブーが生まれた。死や血を忌みながら、必死の思いで、誰にも忌みきらわれていた地下の作業場へと降りて、その命を守っていたのだった。

坑夫たちはこういう。

「ヤマの神さんはおなごの神さんで、髪の毛はちぢれっ毛。それで髪の美しいおなごをみると、悋気なさる。だから坑内で髪を梳いちゃいかん。腹を立てて非常（事故）を起こしなさるから」

森崎は『奈落の神々——炭坑労働精神史』の中で、こう記している。

禁忌や習俗などは生活者・労働者の文字ともいえるもので、働いている人びとの肉体によることばである。そこで息づいている心情に立脚してようやく正しく読みとれるはずの絵巻物である。それらから内発性をぬきさって、様式だけを体系化するのは支配のはじまりだといえる。文字文化は非文字文化を、しばしばそのようにして理解もし、収奪もしてきた。

森崎は炭坑町に住んで、やっとそのことに対する深いいきどおりが流れていることを体得することができた。坑夫たちがそのような収奪から身を守りつつ、みずからの手で独自の地底の文化をつくりあげようとしているのを感じることができた。森崎はこう語っている。

「炭坑労働をしたことのない私は、もとよりその場を一にする立場にない。が、せめてその
そば近くにいたい」

地の底のうたごえ

『ははのくにとの幻想婚』は、炭坑町での森崎の生活などを綴ったものである。この本の「あとがき」から、彼女の日々の生活がうかがい知れる。
書斎を持たない森崎は、これらの文章を、調理台兼用の大きな食卓の上で書いている。その食卓はしばしば労働者たちとの共食や討論の場に使われたから、卓上にひろげられた原稿は幾度も片付けられて家の中を持ち運ばれた。締切りに追われながらくりかえし中断されることは、彼女にとってつらいことだった。だが、肉体労働をする者のつらさはより深く理解できるものだった。この本の中から、炭坑での労働のつらさをうかがい知ってみたい。

「炭坑仕事唄」

坑夫坑夫とけいべつするな
石炭畑にはえやせぬ
文句ぬかすとセナ棒でどたま
さらし手ぬぐい血で染める

米はあがるし切賃はさがる
五銭バットも吸いかねる
たばこどころか今日このごろは
くさい三等米も食いかねる
娘やるなよ坑夫の妻に
ボタがどんとくりゃ若後家女
七つ八つからカンテラ掲げて
坑内さがるも親のばつ
汽車は炭ひくせっちん虫は尾ひく
川筋下罪人はスラをひく

これは森崎の心に住みついた唄だった。「ボタがどんとくりゃ」というのは、ガスや炭じんの爆発である。炭坑では坐り掘りや寝掘りとかの、最小限の空間での労働を強いられた。そして通気や排気という環境整備もかえりみられなかった。地の底は常に死と隣合わせであった。詩の意味を理解するにつれて、追いはらうことのできない重さで、この唄は彼女の中に沈んでいく。

森崎はある時、坑内労働をした初老の女性をともなって、NHKでその体験を話してもらったことがあった。並べられたカンテラやスラ、ツルハシなどを目をかがやかして見ながら、彼女はまっくらな地面の底の作業をいきいきと語った。

「わしら貧乏たれじゃったが働きどんの情はふかかったばい。人は人、自分は自分ちゃ思わん、なんでも気やすく貸したり借りたりして助けおうてくらしたばい。人間は働かなうそばい。働くとが人間ばい。働かんやつは人間じゃなか。わしら一生けんめい働いたが、わしらのことを町の人間はばかにしとったたね」

彼女はしまいに涙をぽろぽろこぼしながら、地面の上のことは知らんが地面の中のことなら掌をみるように知っている、といった。帰りがけ彼女は森崎に向かってこういった。

「あんたのおかげできょうまで生きたかいがあった」と。

それは一度も太陽の光を浴びたことのない地下の闇が、ぽつりとこぼした地上へのおせじのようだった。森崎はさらにこう呟く。

「私たちの言葉は、まだその闇へ到達できておりません」

上野英信が去る

谷川雁は、カリスマ的なオルガナイザーであった。「サークル村」の隆盛は、谷川の魅力によるところが大きかった。彼は親分的な面倒見の良さと巧みな話術で、多くの労働者の心を捉えていた。だがその事務局での事務作業は、ほとんど上野英信が担っていた。

同じ筑豊で共に活動しながら、この二人の性格はまったく違っていた。谷川は詩人であり、理論的指導者であり、工作者であった。上野も詩人であったが、民衆に近い記録文学者であった。谷川は性格が強烈であり、君臨するタイプであるが、上野は地味でコツコツやるタイプである。

その性格の違いは水と油のようであった。暮らしの中でも、谷川はステーキを好み、上野はお茶漬けが好きだった。同居する谷川夫妻と上野夫妻は、食事を共にしようとしたが、女性たちの努力にもかかわらずそれは長続きはしなかった。

森崎も上野も、谷川のことを「いつも威張っていた」と振り返っている。だがそれに続いて森崎は「威張っているときの、谷川は美しい」ともいっている。谷川は『サークル村』を携えて、たびたび東京に出かけている。森崎はこう記している。

> 雁さんはサークル村の運動をバスケットにつめて散歩にでも出かけるようなぐあいに、上京をくりかえした。彼は彼の手によってバスケットをひらけば、群衆のほうから問いかけることを知っていた。
>
> (『ははのくにとの幻想婚』)

谷川は『サークル村』を全国交流誌と結びつけることを考えていた。そして東京の知識人との交流を目指していた。だが、上野はその行動を苦々しく思っていた――やがて原爆症により健康を害していた上野は、妻とともに福岡市に去っていった。事務局諸事いっさいの責任を持っていた上野が去ったことにより、谷川が当面の処理を担う。だが「書記的な仕事は創造を志すもののやることじゃないよ」と音をあげて、事務仕事を放置した。こうして『サークル村』は次第に停滞していく。

大正行動隊

東京では一九六〇年一月一六日、新安保条約調印に渡米する岸信介首相を阻止しようと全学連が座り込んだ。共産党はまっこうから全学連を批難、激動の年明けとなる。

六月、谷川はこの安保闘争を契機に共産党を脱党・除名された。党は谷川を「修正主義的偏向」と攻撃し、『サークル村』を読むこと自体に攻撃を加えるようになっていく。そして『サークル村』は、三池闘争を特集した五月号を最後に休刊した。実質的な終刊である。その原因は、会員二〇〇名の会費の納入がかんばしくなかったこと、原稿の集まりが悪いこと、なによりも事務が手薄になったことなどが直接的なものであった。

だが谷川は一一月には、自身をリーダーとする「大正行動隊」という実行部隊を発足させる。サークル村会員の大半をしめた炭坑労働者が直面している合理化反対闘争が、急務とされたのである。中間市にある大正炭坑やその周囲のヤマには、石炭産業の斜陽化に伴う合理化の波が押し寄せていたのであった。既成組織が指揮した三池闘争の敗北を乗り越えるために、「大正行動隊」は作られた。

「やりたい者だけが運動に参加する。やりたくない場合は理由をハッキリさせ、そのことへの批判は自由だが、意見が違うからといって村八分にはしない」

という谷川の言説は、総評や炭労（日本炭坑労働組合）の下での画一的運動に見切りをつけていた労働者から、圧倒的に支持され、強固な運動体へとのし上がっていく。大正行動隊は、政党からも労組からも自立した大衆の前衛に立つ労働運動となっていく。

このような前代未聞の自由連合的な対抗組織は、のちの六〇年代終盤の全共闘運動にまで大きな影響を及ぼしていく。あの東大闘争の時、安田講堂の階段の壁に大書された言葉「連帯を求めて孤立を恐れず」――これは谷川雁の言葉であった。

森崎はこの動きをどう思っていたのだろうか。彼女は文化運動から政治闘争への転換の中で、『サークル村』が当初テーマとしていた「集団への問い」に逆行するような動きを読み取り、そうした動きに批判的な目を向けた。後に森崎はこう振り返っている。

私は雁さんが愉快そうに動ける状態のほうが活力あふれることを知っているので、共産党との対決を契機に、サークル村内の行動派をひきつれて文化のやからと別れるのを見守った。(中略)

そして私自身は、自分はサークル村なしに村内のテーマを追いつめることが可能だと考えていたのである。

(『ははのくにとの幻想婚』)

この文章は、森崎が方向転換を遂げつつあった運動から距離をとりながら、『サークル村』の当初のテーマを、単独で追い続ける覚悟を持っていたことをうかがわせる。

事件

大正炭坑では一九六〇年、経営が思わしくなく給料の遅配・未払いが続いていた。八月には、伊藤八郎社長は経営困難を理由に会社を放棄しようとした。そこで主力融資銀行である福岡銀行の肝いりで、田中直正が副社長として就任する。田中と福銀は、いき詰まっていた経営を軌道にのせるべく極端な合理化を図ろうとする。なんと五千六百円の賃下げの提案を出してきたのだ。これには無期限ストで対抗し、賃下げ二千八百円でなんとか折り合いがついている。だが田中直正の、大量首切りをふくむ強引な合理化方針は、なおも続いていた。一方、大正行動隊は組合運動の中枢へと踏み込んでいこうとしていた。そんな時、事件は起こったのだ。

一九六一年五月、行動隊員山崎一男の妹里枝が家で眠っている時に、何者かに強姦され絞殺される。里枝は、森崎の『無名通信』のガリ版刷りを手伝ってくれていた少女だった。

犯人は行動隊のあの男――森崎にはピンときた。「すぐみんなを集めて、性について話し合おう」「どんなに無力であれ、性観念の不平等さについて語り合うきっかけを今こそ作りたい。まず、身近な男たちへ問題提議したい。そのことで、娘（里枝）とその親に詫びたい」と森崎はいった――だが谷川は聞き入れなかった。「いや待て、いまは坑内で坐りこみをしている大事なときだ」

坑内坐りこみをくずそうと、機動隊も入っていた。早まったことをしてくれるな――暗にそういっているようだった。そんな谷川から思わぬ言葉が口走って出た。「女はそういうとき、舌を嚙んで死ぬべきではないのか」

この言葉は強姦・殺人事件に打ちのめされている森崎に、さらなる打撃を与えた。

そして警察はこの事件を手がかりに大正行動隊を壊滅させようとしていた。谷川は組織を守るために、この事件を単なる破廉恥罪として片付けようとした。

その年の暮れに犯人が捕まった。やはり大正行動隊の男だった。さらに不幸が襲う。一二月、殺された里枝の兄山崎一男が、香月(かつき)線の谷川と森崎の家の前の踏み切りで、列車に投身死したのだ。合理化反対の坐りこみの現場から、谷川に報告に歩いてくる途中のことだった。山崎は谷川に言いたいことがあったのだ。

谷川は後にこう書いている。

一九六一年の秋、石炭産業の崩壊を必然として直視しつつ闘おうとする小集団『大正行動隊』はもっとも深い孤立のなかにあった……行動隊に属する若い坑夫の妹が納屋で死体となって発見された。加害者は行動隊ではないかと取り沙汰された……被害者の兄は私を訪ねてくる途中で列車にはねられた。胸のポケットに私の写真を入れていた二一歳であった。私たちは夜の鉄路にへばりついている肉片をひろって歩いた。寒かった。

森崎も深く傷つき、心と体の芯まで凍っていった。

葛藤を描いた『闘いとエロス』

森崎と谷川の「サークル村」から「大正行動隊」へと至る葛藤を、後に描いたのが、『闘いとエロス』である。この本では谷川は室井に、森崎は契子という仮名で描かれているが、ここでは実名に戻して二人の心の動きを追っていきたい。

事件の後、森崎の心と体が崩れていく。

組織内の男によって組織内の少女を殺した事件であったというので、男たちが動揺している。それがわたしの傷をひらいてしまった。手の下しようもなく、肉がくずれていく。心の、意識の、肉が……

（『闘いとエロス』）

自身の内臓をえぐるように、森崎は書いていく。

それでもわたしにはもう一つの心動きがせわしく働いている。詭弁を山と積み、垣根のようにはりめぐらして、組織と、その組織の指導者である谷川とを囲いたい。彼は「サークル村」以来の、この地区の責任者なのだから。嬉々として命令をくだす谷川の、その自己拡張を囲いたい。

わたしは谷川の蒼い顔をみる。いばらせてやりたいと思う。詭弁を山とつんでこの男をいばらせたいと思う。（〃）

なのに谷川は、少女の死を思想の空洞とはみないで、破廉恥罪として片づけようとしている。堪えがたいからだ——谷川のなかの空洞が。

そして谷川の号令とラジカルな戦法は、彼の内ふかくひらいている悲音のようであった。


殺人犯が組織の一人と知れた昼間——

わたしと谷川はかたく肌よせあっていた。肌のぬくみだけがあり、そのぬくもりが衰えたことばをすこしずつ暖めていった。雨にぬれた鳥が、そのいのちを守るように、わたしらは、わたしらのことばが息をするのを待っていた。（〃）

だが、谷川に応えようとしても、森崎の体は応えられなかった。

わたしの性器はけいれんしてひらかない。
わたしの肉が男を拒否してしまっている。
わたしは夜をおそれる。
氷河になった少女をおそれる。

（11）

男性中心の論理が、森崎の生の女を壊していった。
そしてこの後、森崎と谷川の関係は大きく変化していくのである。

三　谷川との別れ

退職者同盟

森崎は強姦殺人事件の後、「性交不能」となる。加えて起きあがれなくなってしまった。

そして遂には一九六一年七月、『無名通信』を廃刊としてしまう。

翌一九六二年、大正鉱業は三〇〇人の希望退職者を募った。だが労働者は「今しか退職金は取れそうにない」として、一八〇〇人中一〇七一人が辞表を提出した。結局、慰留されて辞表を撤回した者もあり、退職者は八六四人、残留者は一〇一九人となった。

結局、多くの退職者が出て会社側は再建に必要な体制（一三五〇人必要）を組めなくなり、退職金の支払いもできなくなってしまった——そこで行動隊は谷川を中心に、六月「退職者同盟」を結成する。

だが一九六三年から一九六四年にかけて、谷川は以前にも増して東京に出ることが多くなっていた。次第に谷川の開こうとした会議には人が集まらず、森崎が開くとみんな集まりだした。この時の会話を、『闘いとエロス』からなぞってみよう。

「おれの組織だ。あれはおれの私兵だ。おれの私兵をこそこそ組織するな。分派を形成して何をやる気だ！」と谷川はいった。

「ばかなこと言うの止して。組織を私有視するものではないわ。あなたがそんな発想にとどまってるから、彼らが離れていくのよ」森崎は答えた。

「おれには分かるんだぜ。彼らがなぜおれに叛旗をひるがえすような小生意気な心理を得たのか」

「彼らは彼らです。彼らみずから自己に到達して判断しているんです。労働者を何だと思ってるのよ」

ことは労働者との間だけではなかった。谷川は森崎に対して、労働者に会うことすら禁止しだした。それは森崎を愛しているからだと、谷川はいう。しかし森崎はこう答えた。

「あたしとても侮辱された感じがのこってるだけだわ。あなたはあたしを愛してるような錯覚があるだけなのよ。あなたはあたしではなくてご自分を愛してらっしゃるのよ。ご自分の感情を押しつけたいのよ。あなたの中にあなたの描いたあたしを飼っていたいだけなのよ」

またこの頃、一人の労働者がどなり込んできたこともあった。谷川の前に立ちはだかって、

「貴様（きさん）のごたる奴は、死ね！」と家にあった包丁につかみかかった。そして彼はこういった。

きさんの話が信用さるるか。おまえ自身が信じきらんことばを、おれが信じられるか。（中略）ああ、おれは信じたよ。おれはきさんのことばを信じたばい。きさんの人間は信用しとらんが、きさんのことばを信じた。信じたばっかりに、おれはもう少しで労働者で失（の）うなるとこじゃったばい。それが分かったから、おれはきさんを殺しにきた。きさんが男なら、男らしゅう、殺されっしまえ。（やがて涙を流して）

きさんの命をとったっちゃ、なんならん。そんなもん、きさんにくれてやる。たった一つ、約束しちゃんない。あんた、二度と労働者ちゅうことばをいわんでくれんの。それだけば、おれに約束してくれんな。ほかの話はいらん。そして二度と労働者の前に面出すな。たのむ……

（『闘いとエロス』）

そして彼は長いこと泣き、黙って出ていった。谷川が度々東京に行き、自分たちを置き去りにするつもりかと思ったのだった。事実、谷川の心は東京に向かっていた。

谷川は東京へ去る

石炭から石油へ、という時代の流れは如何（いかん）ともしがたかった。「退職者同盟」の当面の課題は、退職者が生きていくための生活基盤と仕事作りであった。一九六三年六月、「退職者同盟」は建設業法に基づいて「筑豊企業組合」を発足させ、住宅の自力建設を行った。

一九六四年二月、自力建設された住宅の建ち並ぶ丘を「自由が丘」と名付け、保育園や商店などもつくった。

森崎も体調不良の中、わが身にムチうって「スイスイ託児所」を開いたりしている。炭坑総失業のなかにあって、女房たちも働かなくてはならない。炭住の長屋を借りて、仲間の手伝い

「スイスイ託児所」を開く。1962年

とカンパに森崎は支えられた。

　一方で、炭坑をまわって女坑夫たちの話を聞いて歩くことも、少しずつ再開した。元女坑夫たちの話は活力に満ちて、森崎の原点を思いださせた――自分はどうしてここにいるのだろう。『サークル村』も『無名通信』も終わったいま、何をしたいのか……。森崎の悩みも深かった。

　谷川と森崎は、『サークル村』運動に関しても、方向性の違いが出てきたのではないだろうか。炭坑闘争の行き詰まりとともに、男の谷川の政治主義が前面に出てきたのだと思う。そして谷川は狭義の政治路線の共同体をつくろうとしたのではないだろうか。それに対して、森崎は男も女も含めた新しい共同体を求めていたのではないだろうか。

　それだからこそ森崎はどんどん人に会い、発言もする。そこには人の選別や垣根はなかった。そのキャパシティの広さに、谷川は嫉妬していたのではないだろうか。

しだいに谷川は、森崎が人に会うのも、そしてものを書くことさえも禁じていく。ついに森崎は家出を決行する。谷川が昼寝をしている間に、七歳の息子に「パパが目を覚ましたら渡してね」と手紙を託して家を出た。娘は小学校四年生であった。

「東京で埴谷雄高さんに会って本を出したいので、打ち合わせをしてきます」

森崎は『第三の性』の原稿を持って埴谷を訪ねた。彼は三一書房を紹介してくれて、これが後の出版につながっていく。

しかし家に帰ると、卓袱台も机もひっくり返って、子どもたちは元の父親のところに帰されていた。森崎はさっさと家にも上がらずに、木屋瀬というところに部屋を借りて原稿を書きはじめたのだった。

この時に助け船を出してくれたのが、谷川の兄の谷川健一だった。かれは雑誌『太陽』の編集長をしていた。森崎を生まれ育った朝鮮半島の見える、玄界灘をへだてた対馬にカメラマンをつけて行かせてくれたのである。その時の紀行文が『太陽』に掲載された。

> 対馬への小さな旅に出る。生まれて育った朝鮮をしのぶよすがに、あちらからまともに

吹きつけてくる風にあたろうと思う。半島の荒寥(こうりょう)としたあじわいは、対馬の鼻先まではよごれずにとどいていることだろう。思えばあれからもう十八年にもなる。それなのに私は、季節はずれの風媒花みたいに、なかなか日本になじめない。

一九六四年一二月、ついに大正鉱山は閉山した。翌一九六五年、谷川雁は東京へと去った。東京イングリッシュセンター(株式会社・テック)の開発部長として入社、ラボ教育センターを設立した。谷川は谷川なりに、「サークル村」の理想を実現できる道を東京でみつけようとしていた。そして森崎は筑豊に残り、彼女なりの道を大きく遠回りしながら、探し続けることとなる。

第二章　海の果てへ

一　海のむこう

炭坑町での暮らし

谷川が東京へ去った後も、森崎は炭坑町で暮らし続ける。母子家庭をのびやかにやれたのも、この町の女たちのおかげであった。生活の糧となっていた原稿書きで部屋にこもっていると、外からこんな声がかかる。

「天気がよかばい。ふとんば干さんかい」

そして、風呂の焚口には、知らないうちに薪が山となっていた。森崎もいつしか、炭坑の女たちに受け入れられるようになっていたのだ。また、おばさんの口添えで、女たちとのお茶飲み会も開けるようになっていく。そして、森崎の聞き書きは十年あまりにも及んでいった。

やがて森崎は、山本作兵衛の家をたびたび訪ねるようになる。作兵衛は一八九二年(明治二五)生まれ。六三歳の時、うちつづく炭坑閉山とともに仕事を追われた。知人の救いを得て、夜警宿直員へ職を得る。そして幼い頃から描きたかった絵を、夜勤のつれづれに描き始める。

「ヤマは消えゆく、やがて私も余白は少ない。孫たちにヤマの生活やヤマの作業や人情を、書き残しておこうと思いたった」と作兵衛は記している。

カンテラを掲げ、腰をかがめて坑内をくだる男と女。赤ん坊を負った少年をふりかえりつつくだる女坑夫。石炭にいどむ男。上半身は裸である。背から両腕へかけての、彫りもの——そこは、地面の上の知恵だけをよりどころにして暮らしてきた者が、ひとたび真剣にふみこめば、二度と昔の自分へは戻れなくなる、そんな世界だと森崎は感じた。作兵衛の絵には、鋭い文明批評が柔軟な感性によって、しんぼう強く描かれていた。

「坑内はまちっと暗かですばって、そげ暗うかいたら絵にならんでっしょう。人間もまっくろかですよ。闇んなかに、まっくろ汚れた人間があるとですけ。だからあたしの絵は記録画ですばって、記録画としても落第ですの」

森崎が訪ねるたびに、作兵衛は絵を持たそうとした。森崎がひたすら辞退すると、「森崎さんな、作兵衛の絵はもらわれんとですな」と明るく言った。森崎は恐縮して受取る——低い天井の下で坐って掘っている男女の絵。坑夫が二人、坑外で刀を抜いてにらみあっている絵。そして炭坑の混浴図。混浴図には作兵衛の添え書きがあった。

炭坑の風呂は二坪くらいで、男女混浴であるばかりか、その風呂水が坑内水であるから汚いこと味噌汁のネマッたような水であった。……手拭までもドス黒くなっておりカンテラの篝で鼻の孔は黒く詰まっており、その鼻孔の掃除を手拭を丸めてするから、その部分の黒斑はいくら洗うても残っておるという始末であった。

作兵衛の絵はやがて木曽重義氏に見いだされ、『明治大正炭坑絵巻』として出版、講談社からも『炭坑に生きる』という表題で出版された。森崎も作兵衛の話を聞きながら、『奈落の神々――炭坑労働精神史』をまとめていく。その中で森崎は、「地上の文化」をこう呼んだ――明治維新であり近代国家建設であり資本の蓄積であり国力増強でありアジア支配であるところの意志。そして森崎はこう記す。

人々はあげて「国家」を新しい共同概念にせんとしていた近代日本の初期に、村々から個々に追われ、世上のその新思潮と断たれ、それまでの自然観――神々と共存する「農民的精神」的自然――から一挙に物質としての自然に直面し、共に在る何ものもなく、八方破れの状態でとにもかくにも或る「固有の感性」を確立している。

(『奈落の神々』)

そして森崎は、「炭坑労働精神」をこう書き現した。

地下労働者ことに明治・大正期の坑夫は誰もが、百パーセントの被害者意識の所有者というわけではなかった。むしろ私などには共感できない底抜けの開放性を持っていた。それは死でいろどられた地下労働を知らぬ者には手の届かぬ明朗さであった。おそろしいばかりの明るさを持った人々だと、そんなふうに私たち地上ぐらしの仲間は話し合ったりした。ゆきどまりを知らぬ抱擁力と同時に、微塵をも通さぬ拒絶を縒りあわせた精神の縄が、彼らの心底にある墓標をとりまいてでもいるかのように感じられる。（〃）

だがこの頃、森崎の体調は最悪だった。四三歳（一九七〇年）あたりから四六歳（一九七三年）を過ぎるまで、彼女は肝機能障害に苦しんでいる。体力が極度におとろえ、時折、気がうすれた。元坑夫のおばあさんや、作兵衛さんを訪れる時、途中で倒れるのがこわくて、彼女はチョコレートと小瓶のウイスキー持参で歩いた。セイタカアワダチソウのぼうぼう生える川原や半壊の炭坑住宅のかげで、この二つを口にほうりこんでは歩いた。セイタカアワダチソウは別名、閉山花（へいざんばな）といった。

またこの時期は、二人の子どもが中学生であった頃だった。

娘と息子

子どもにとって、中学生時代は人生の中でも、もっとも大きな変化の時代ともいえる。だが森崎はこの間、毎日熱があった。その上、客が多く、家族だけの食事などめったにない状態だった。

松石と別れる時、「パパさみしいですか。さみしかったらかえります」とたどたどしく描いた娘の恵も一五歳になった冬、二人はコタツにいた。森崎は原稿を書いている。娘はそれを横目でみながら、英語のリーダーを訳している。森崎もまた娘をちらちらみながら、青春とは玉葱みたいなものだと思っていた。

> 心づかぬうちにまるまると育ち太陽と風とをおもいっきり吸う。やがて一皮一皮とむいてみる。折りにふれてその意味を問うのである。目に沁みる。目に沁みるだけでなんだかよくわからない。
>
> （『ははのくにとの幻想婚』）

息子の泉も中学一年の夏休みまでは、娘と同じように森崎をよく笑わせていた。やがて、ママと呼ぶことを止めた。かあさん、かあちゃん、おばん、おばはん、あんたと変わっていった。

そしてある時、部屋のドアには「入るな」と札がぶらさげられた。森崎はぽろりと涙を流し、そして「きたな」と覚悟した。そして急いで、森崎の家にやってくる若者のための部屋を借り、原稿もそこで書くようにした。『子どもに対して、余分な世話はよそう』と心した。

一方、借りた部屋の方は、峠の茶屋さながらとなった。そこでは若者が泊まったり、しばらく一緒に暮らすようになっていった。森崎は三度の食事をこしらえ、後始末をし、ふとんを洗い、部屋を掃除した。彼や彼女らが、「活字の上での出合いでは伝わりかねるものに、接することができてうれしい」などというのを、森崎はじっと聞いていた。

森崎は三つのハンコを持っている。ひとつは娘と息子の姓がきざまれたもの。松石は森崎が及びもつかぬ温和さをもっていた。そして彼女は「私ばかりがピンセットでつまみあげられたように愛されるのはいや」と若げのいたりで悪態をついたのだった。彼女は自分一人ではなく、女全体を考えようと今も思っている。

ふたつ目は炭坑町で一緒に暮らした詩人（谷川）の姓がきざまれているもの。別れた後も、何度か電話が今もかかってくる。彼女が「地底の世界」へ足を踏み入れたのも、詩人のおかげだった。

三つめのハンコは、森崎の姓がきざまれている。詩人は森崎がこのハンコを捨てるか、彼が自分のハンコを捨てるかしようといったが、森崎はできなかった。「そんな生き方から、自分ははみ出してしまっているので、のびのび自然にしていたい。このままがいい」と彼女はいった。すると「この家は多民族国家だ、いいな」と、詩人は楽しげに笑っていた。

こんなふうに、森崎には三つのハンコと三つの姓がついてまわっている。子どもの学校での呼び名。地域での通称。そして原稿料の受けとりにつくハンコの名。知人たちはその中から、気ままに彼女を呼んでいる。

ラジオドラマに託して

森崎はラジオドラマの仕事が増えてきた。それに伴い、九州各地を旅する。子どもたちも、二、三日なら留守番できるようになっていた。『枕崎の女房たち』の脚本を書いたのは、一九六七年のことだ。鹿児島線からローカル線に乗り、枕崎へ行く。カツオぶしで知られる町は、ホームまで魚の匂いの風が吹いていていた。海岸線を坊ノ津まで行き、漁師の妻たちの話を聞く。

一九七二年には、敗戦直前の朝鮮海峡をひとりで越えた体験をもとに、『誰も知らない海峡』を書いた。母国へ帰る在日の人たちの漁船がいくつも沈み、何万ものタマカゼが漂う朝鮮海峡である。男たちと伍して働いてきた海女たちがいう。

「あんた、タマカゼを知らんとな。誰も拾われんまま、あの世にも行かれん。こん世にも帰れん。地の底、海の底、なんぼでも沈んでござる」

ラジオの仕事は、原稿の文字から離れて、音声や音楽のなかで登場人物が動きだすのが楽しかった。これまでの孤独な作業とは異質の、生きた声や音声との思わぬ効果に心がときめいた。ラジオドラマは生活の糧となっていたが、森崎自身の生きるエネルギーともなっていく。長年に渡って共に仕事をするＮＨＫのディレクター斉明寺以玖子（さいみょうじいくこ）は、一九七一年の初めての出合いをこう記している。

明るく穏やかで牡丹の花のように気品のある方がにこやかに迎えて下さってやがて、美しい声音の話半ばで、ご免なさい、横になっていないと目が廻ると、ぐったりしてしまわれたのです。私は仰天しましたが、森崎さんは慌てず用意のチョコレートを囓り、長椅子に丸まり目をつむってほんの少しの間眠られたかどうか、暫くすると、ああ声が戻った、と起き上がられた。

ドラマ『海鳴り』は、大竹しのぶ主演・斉明寺以玖子演出で一九七八年、ＮＨＫで放送された。沖縄から東京に働きに出た十代の少女のヤマトに馴染めない心の痛みに迫る。

ウチナンチューの少女ヨーコは、同じ沖縄出身の青年エツローの子どもを身ごもる。だが、ヨーコはエツローに内緒で中絶をしてしまう。

ヤマトが何か少しもわからないよー。沖縄を無視する意地の悪いヤマトしか知らないもの。ズキズキうずいているよ。本当にここは外国さー。うちの心から遠いよ。何にもつながらないよ。どうすればいいのね。ウチナーとヤマトがこんなに遠くて、うちは、うちは、どこに子どもを産むのねー。

そしてヨーコはエッローと別れ、北へと旅に出る。そして本州の北端の廃屋で、一人呆けつつ暮らす老女と出会う。そしてヨーコはいう。

昔の話を聞かせて、お願い。私を連れてってください、おばあさんの昔に。おばあさんの好きなものを、私にわけて。

おばあさんは、しっかりと根をはって生きていた。そしてヨーコは、おばあさんの原郷に結びつくのだ。ヨーコはこのおばあさんの中に本当の日本人――ヤマトンチューを見い出した。そしてヨーコは力強くいう。

今度子どもを産む時は、父ちゃんが生まれた島で産むさー。そして子どもに羽根をつけてやる。ウチナーとヤマトを平気で渡るかわいい羽根。沖縄の羽根！

これはそのまま、森崎の魂の遍歴ではないだろうか。

韓国へ

森崎は一九七一年、『異族の原基』を出版している。森崎の思考は、ぐるぐると渦をえがくように深化していく。この本の中では、植民地朝鮮で生まれた森崎のこれまでの悪戦苦闘が、次のように記されていく。

「私は、朝鮮によって育てられた。わけても、新羅時代の古都慶州は、私を深くとらえた。静かで、ゆったりとしていて、ひとを許す雰囲気を持っていた。民族的自信がしっとりと流れている都であった」

彼女は自身のこれまでの歩みを「日本を愛する道を作り上げること」と書いている。だが、それは容易ではなかった。日本の国が犯した罪と、自身がなんの疑いもなく植民地朝鮮で育てられたことに対する、責任をとる道の模索であった。「地底で働く人々」との交流の体験を通して、森崎は次のように書き表している。

それは、日本の土着性の中に他民族を侵略せずに生きうる質を捜し当てて、その部分を歴史の表に出すことであった。それを私は、「日本に根づく」ということばでもって言い表してきた。

（『異族の原基』）

そして森崎は、いつの日か、かの地を訪問するにふさわしい日本人になっていたいと、そのことのために生きてきた。彼女は娘の友達である在日朝鮮人の少女きくちゃんから、小学校の教科書を見せてもらった。そして九州大学に留学している韓国人にハングルの手ほどきを受け続けていた。

なんと一九六八年四月、韓国の慶州中高等学校創立三〇周年記念に、父の代理として森崎は招かれる。森崎は旅立ちの前日にこう記している。

「私は明日慶州へ旅立つ。いったい私は何をしようとして出かけるのだろう。父の霊と共に針の山を踏むのである」

だが、飛行機が到着すると「和江さん、和江さあん」と声が聞こえた。そらみみかと思った。税関のところでは「森崎さん、お迎えの人がみえてますよ」とも言われる。ドアを開けると、父の教え子の第一回卒業生たちが迎えにきてくれていたのだ。そして森崎は、数日間にわたって彼らの歓待を受けることになる。

森崎は朝鮮での日々を思い出す。仲のよくなった二、三歳年下の少女の言葉が、ありありとよみがえってくる――「日本が敗けるように、みんな王さまのお墓の前で、夜になったらお祈りしてるよ」

町には日本に対するひそかな抵抗組織がつくられていたのだ。森崎は家族も含め、他へ秘すことを約束した。だが、父も中学校にもつくられていた抵抗組織の個々人と個別に話しあっていたが、他へは一切秘していたことを、この旅で知る。父の元生徒はこういう。

「僕らはしばしば話しました。あなたのお父さんは当時も苦しまれたろうが、敗戦のあと日本でどのように苦しまれたろうかと。彼の本質は自由主義者でしたよ。和江さんは知らんでしょう。僕はね、彼が敗戦後の日本でいかに生きようとしたかを知りたいと、痛切に思ってきました」

また別の元生徒はこういった。

「お父さんは、毎週月曜日に、何かしら一つことばを書いて階段の下に貼っていました。靖国神社の前で骨壺をかかえた少年が涙をいっぱい溜めて立っている、その写真をかかげ、その下に、この少年をみよ！　と彼は書くのです。そんなことばだけをあらゆる軍事色支配色の中から拾って、ぼくは彼の精神の近くにいました。彼がわかるのです。このようにわかるものが

慶州中高校30周年記念式典に、亡父の代理として参加。1968年4月

あったということ。あの当時に。これは重大な意味があると思います。立場が違っていたのですから」

韓国は日本が食い荒らしたあとの貧困とたたかうことで、清潔な創意を生んでいた。そして、地にしみとおっているかのような、南北分断の深い翳り。これこそは日本が残したもっとも残酷な爪あとであった。森崎はかの地から逃げ帰った家族であるから、ひとしおそう思った。彼女が逢った人々の誰もが、その肉親をこの分裂のたたかいで失ったり別離したりしていた。そして誰もが血の呼び起こしのように結合の深淵にいたる道を、心の闇にいくたびとなく書いていた。その集積は思考の泉を深めざるをえない。それは彼らが自覚している深さより深い、と森崎は思った。

旅の終わり近く、多くの労をとってくれた人が「和江さんはほんとうに混血ですね。韓国の歴史を勉強なさい。よい本が出たら送りましょう」といってくれた。まるで森崎の墓をあばいたように。彼女は日本へ帰らねばならぬのをおそれる心で、のこり少ない旅を急いだ。

「沖縄を考える会」

森崎のもとを訪れる若者はやはり多かった。また、沖縄からの留学生（まだ本土復帰の前であった）や、北九州工業地帯で働く労働者青年も森崎のところに集まっていた。一九七〇年、森崎は彼らと「沖縄を考える会」を立ち上げた。

沖縄は日本の歴史の転換期に、幾度か体制固めの具とされてきた。幕藩体制確立のために領主的植民地ふうの収奪を受けた。また明治維新の折にも、一方的な琉球処分を行うことで、日本は対外的に国家権力を誇示した。そして今また、沖縄は占領国にとっての、対アジアの地理的利点以外のものではなくなっていた。

会では、映画『沖縄列島』の自主上映や、六月一五日にデモを行うことにした。筑豊の炭坑もなくなり、多くは賃金の安い孫請け労働者として働いていた。六・一五に向けて、炭坑離職者であり孫請け労働者である会のメンバーが次のようなビラを書いた。

資本主義制度の苛酷な労働と貧困、そして諸々の合理化と首切りに労働者は追われてゆく。いつか、あなた自身にもその火の粉が振りかかるであろう。その時のためとはいわず、一九七〇年六・一五行動のために、われわれ労働者・人民大衆の怒りと鉄鎖の連帯をもって、あらゆる差別粉砕・資本主義打倒に蜂起しようではないか。

プラカードには、「下請け・孫請け制度粉砕」が「おきなわ解放」とならべられた。森崎はこの二つがならび立つことに、深い感銘をおぼえていた。森崎は来訪する若い男性女性たちの個性あふれる会話に、どれほど教えられ救われたことだろうか。

この年の二〇年後の一九九〇年、社会学者の上野千鶴子（一九四八年生まれ）は森崎と対談をしている。彼女は「二〇年目の手紙」と題してこう語っている。

私は全共闘世代なんですが、当時はリブもフェミニズムもまだありませんし、そういう考え方も知られていませんでした。女の「私」をまったくオリジナルな言葉で語ってくれている、自分よりも年長の女の人が誰かいるだろうかと、それこそワラにも縋る思いで書物を振り返った時、目の前にあったのが森崎さんのお書きになったものだったんですね。あとでいろんな人達にきいてみるとそうした経験は決して私一人のものではないんです。

あの当時、「私」の言葉を探しあぐねていた女たちにとって、目の前に助けを差しのべてくれた女性の語り部と言ったら、ほとんど森崎さんしかいなかったという思いが私にはありますね。それで、同じように勝手に救われちゃった女たちが他にもたくさんいたと思うんですね。それればかりか、お手紙を出したり、わが身を予告もなく運んだり……。

わたしの友人にも、森崎さんのもとを訪ねたという人が何人かいます。なかにはもうほんとうに行きくれて、思いあぐねて、男も何もかもあてにならず、大きいおなかを抱えていって、森崎さんのもとで産んだ人もあります。それを森崎さんは、従容として拒まずに、いらっしゃい、そこにいていいのよってふうに……。

これに対して森崎は「私ね、孤独だったからですよ。仲間が本当に欲しかった。問題意識を共にする人がとても欲しかったんです、女たちの仲間が。共に戦線を作ることができる相手が要るという感じがあったのね」と応じている。

また、森崎のもとを訪れた青年の中に、東山薫がいた。彼は一九七七年五月八日、三里塚闘争で警察のガス弾の水平射ちで亡くなった。彼は「非戦闘員」を表す赤十字マークがついたゼッケンを着用していた。彼の死は、三里塚闘争での初の死者となった。彼の友人が森崎を訪れ、その最期を話してくれる。そして森崎も東山の郷里を訪れ、深い弔意をあらわした。それは弟を失った時以来の激しい喪失感を森崎に与えた。

彼女が若者をすべて迎えいれたのは、自死した弟を救えなかった後悔からでもあった。それなのに何故、若者が権力の手によって殺されねばならないのか……。

森崎は海のむこうを考える。韓国、そして沖縄。地の底で働く労働者の声を聞いてきた森崎には、その根底に同じく横たわっている、搾取と排除がどうしても許しがたい。

そして彼女は今日も、若者の茶碗にご飯をよそってやる。

二　『からゆきさん』

綾さん

森崎の家は、若者の出入りが多い。それで一九七〇年には「あそこの家の女はアカだそうだから見張れ」と言われて、松崎武俊が私服刑事としてやってきた。だが、松崎がどんなに見張っていても、森崎は毎日割烹着を着て、みんなの世話ばかりしている。飯炊きばかりをしているのだ。それで松崎が本人によく聞いてみると、森崎が詩人であることがわかった。実は、松崎も詩を書いていたのだ。

この後、二人は意気投合する。森崎は「からゆきさん」について調べたい、と思いはじめていた。それで松崎にそのことを話すと、「そんなもん、資料がうちの会社になんぼでもある」と言うのだ。そして「ちょっと車でいっしょに行こう」と森崎をさそう。森崎が『どこの会社に勤めてるのかな』と思っていると、車は警察署に着いた。そこではじめて、松崎が私服刑事であったことを森崎は知るのだった。

森崎には忘れられない友人がいる。お互いが結婚する頃、詩の雑誌を通じて知り合った綾さんである。結婚後も折々会っていた。だがその綾は、時折せっぱつまったように森崎を呼び出すことがある。

「母がわたしをめちゃめちゃにしてしまう。わたし、死んでしまう。もう死んでるのとおんなじだ。火事のようだよ、あの人……」

あの人とは、綾を養女にしたおキミである。おキミはかつて女郎屋の女将をしていたという。そして、死んだ綾の実の母親も「からゆき」だったという。

知り合って一〇年ほどした、あるほのあたたかい日のことも忘れられない。綾に頼まれて、森崎は産婦人科医院まで連れ添った。綾は中絶するのだった。

診察室のドアの前で「では、ね」といった森崎は、突然腕をつかまれる。内診室の中へと引きずりこまれた。綾は叫んだ。

「せんせい、この人にみせてやって。いんばいをみせてやってよ!」

森崎は動顛した。綾の表情は森崎が知っている日常とすっかりかわっていた。声はうわごとのようになって、叫ぶ。

「せんせい。女ってなんですか? この人、女の大先生なの。この人にわたしの掻き出すところをしっかりとみせてよ! いんばいとはね、三代にたたるんです。産みません。あたし、いんばいの子だ。ねえ、せんせい、おねがい。子宮を、あたしを、引き抜いてよ」

綾は夢うつつで泣いていた。森崎は覚めない綾の枕もとに腰かけて待った。

『この人もまた女なのだ』と、自分に感じとれるかぎりの、想像が及ぶかぎりの、女というものを、女の性というものを心に浮かべながら、森崎は綾をみていた。

意識が恢復したころ、「あなた、ばかねえ」と綾はいった。

「めったに、みられやしなかったのよ、あなた。かならずあなたの参考になったのよ。あたしが狂ったとでも思ったのでしょう。でも母はね、あたしと二人になると、もっともと狂うのよ。母は、からゆきだったのよ。売られた女よ。

あなた、売られるということ、少しはわかった？　一代ですまないことなのよ。売られた女に溜まったものは、その子の代では払いのけられそうもないわよ、どこまでいっても。あたし、わからないの。売られなかった女というものが少しもわからないの。

……あたし、あんたのようになりたいのよ。あなたはねえ、あたしの、あたしのかわりに生きている、もう一人のあたしよ……」

ほおに涙をつたわらせたまま、綾は森崎をみて、そのふところへ森崎の手をみちびきいれた。不思議とそのしぐさは自然だった。

それからしばらくして、森崎は綾の養母であるおキミについて、聞かせられることとなる。

おキミ

おキミは天草の牛深に生まれたが、幼い頃養女に出された。そして一六歳の時、李慶春という男の養女になった。そして朝鮮へと渡る。おキミは「からゆき」になったのだ。

「からゆき」とは、唐天竺と総称していた海のむこうの国へ、売られていく娘たちのことをいう。一〇代そこそこでからだを売ることを強要され、見知らぬ土地で暮らしていかなければならない。

朝鮮へ向けて門司の港を出た船には、一四人の少女が乗っていた。おキミが一番、年長であった。航行中に一人の少女が危篤におちた。一二歳の子である。はじめから咳をし、咳とともに血が飛んでいた。そして息絶えた。残された一三人はその子にとりすがって泣いた。

「あんた、よかったなあ。もう、おショウバイせんでよかごとなって。うちら、いまからおショウバイせんならん。あんた、よかったなあ……」

おキミたちは古い毛布になきがらをくるんで、海へと放してやった。

「あの子のおっかさんに知らせんと、たましいが帰れんよ」誰かがそういった。

おキミが一三人を代表して、李慶春にいった。

「あの子の家と親の名を教えてください」

だが、李慶春はこういった。

「親はわしだよ。おまえら、みな、わしの娘になったんだ。証文みるか？ おまえら、みな、戸籍抜いて、わしの戸籍にはいっとるからね。わしのほかに、親はおらん。ええか」

おキミは血がひくのをおぼえた。李慶春のもとへゆくことになったときも、いずれ天草の家に手紙で知らせるつもりであった。だが、自分たちは売られたのではなくて、棄てられたんだ。自分たちは死んでも、ゆくところがない……。

おキミはやがて少女たちの「ねえさん」にさせられた。新しく入ってきた子のめんどうをみさせられるのである。なにより気をつかったのは、少女たちの妊娠であった。これは李慶春からきびしく止められていた。

おキミは三〇人をこえる少女たちの生理を毎朝たずねて、順調であるかどうかを聞いた。避妊は洗滌（せんじょう）によった。クレゾール液を大きな桶（おけ）にいれておいて、ゴム管をさげてつかった。冬は温床（おんどる）のなかでも凍りやすかったので、そんな夜は海綿をつかった。一回ごとに、とりだして捨てた。

生理がとまった子は、つわぶきの根をすりおろして、ガーゼを一寸角に切ったものに包み、子宮口にあててやった。一日中そのままにしておく。月経不順用の漢方薬ものませた。

おキミと綾

おキミはやがてある男に身うけされた。そして男はおキミに娼楼（しょうろう）をひらかせた。男はおキミの後にもつぎつぎに女たちを引きぬいては娼家をひらかせた。おキミを第二夫人とし、第七夫人までかかえた。綾の実の母親は、第七夫人であった。七人の女たちの中で、ただひとり子を産むことを許された人であった。

綾は生まれるとすぐに朝鮮人の農民に預けられたという。実母はおキミにこうつぶやいた。

「あたしのようなもんの子に生まれて、この子、お嫁にいけるやろうか……」――そして、綾の実母は綾が三つの時、転売されて朝鮮と清国の国境の町で亡くなったという。

綾は小学校に入ると、時々娼楼に使いに来るようになった。そして六年生になり、卒業が間近になった頃、綾はおキミに呼ばれた。綾はこの頃反抗期に入っていて、男のことも女のこともとうに知っていた。綾を坐らせておキミはこういった。

「おまえのような不良少女のめんどうをみてやるのはわたししかいないよ。どうするかい、わたしの養女になって親を養うなら、女学校にいかせてやる。いやなら、すぐいんばいになれ。いんばいになるかい。それとも、女学校にいって親を養うかい」

こうして綾はおキミの養女になったのだ。おキミと森崎は同じ頃、朝鮮にいたことになる。綾は朝鮮人と共に育ったが、森崎は日本人ばかりが住んでいる町で育っていた。ある時、綾は森崎にこういった。

「あなたをあたし、橋の上の人だと思っていたのよ。あたしが子どものころ、朝鮮人の子と川の中で遊んでいたら、橋の上をよく日本人の子どもが通った。母親に手を引かれて。あたし、孤児同然だったし、朝鮮人にかわいがられてやっと三度のごはん食べていたし、おかあさんの味ってどんなものかしらと想像していたわ、橋の上をみながら」

おキミの稼ぎは大きかった。だがその孤独を癒すためにも、綾が必要だったのだ。そしておキミは、日本内地の戸籍にかえった。かえったといっても、その生まれた里の親たちのもとへ戻ったわけではない。八方奔走して某氏名義の戸籍に入籍したのである。

時は流れて、綾とおキミは大きなお屋敷に住んでいる。綾は素性を隠して、ある研究者と結婚をしたのだ。おキミは離れ座敷でお茶をたしなんでいる。木立にかこまれた奥ふかい家を、森崎が訪ねると、品のいい初老のおキミがしずかに坐っていた。

だが家族が出はらうと、おキミは離れから出て綾の部屋にくるという。そして綾をののしるのだ。「結婚をして一人前の女づらをしている」といって、叩くのだ。綾が泣くまで叩く。そして二人で号泣するのだという。

綾はいう。

「夜叉（やしゃ）だもの。あの人は。ああしているけど、狂ったら、わたしはもう、とても……。かの女を狂わせないように、それから、主人やその妹たちにふれさせないように……。母のあの狂気……。ほんとに、つかれるわ」

何がおキミを狂わせるのだろうか。

凄絶な体験

朝鮮に渡ってきたころの記憶は今もなお、おキミを苦しめ続ける。

その頃、朝鮮を縦断する京釜線、京義線はすでに敷設されていた。おキミは国境ちかくへつれていかれ、そこからさらに山のなかへと運ばれた。娼妓たちの小屋は、工事現場のかたわら、切りくずされた山や谷川を眼下に見下ろす崖(がけ)や、ダムの近くに建っていた。

おキミたちの大半がはたちにならぬまま息を引きとったのは、その娼楼での買われ方にあった。そして、その背後には鉄道敷設に反対する朝鮮人のはげしい抵抗があった。

朝鮮は独立をうばわれ、他国によって勝手きままにそのすべてをふみにじられつつあった。鉄道敷設は、いわば、その象徴だった。それは朝鮮人のために敷設されるのではない。植民たちが渡ってくるためのものであった。他国の軍隊が入りこみ、全面支配をするためのものだった。

おキミは朝鮮人が性欲を満たすためにこの娼楼にあがりこむことには堪え得た。けれども朝鮮人にはそうでない者もいた。かれらは四、五人でおキミを朝まで買いきって、酒を飲ませた。とりかこんで座をたたせなかった。買った以上はその意のままにさせた。

かれらは家や土地を売り、山を越えて日本人の女を買いにくるのである。性欲をみたすためではない。もっと根ぶかい渇きをもって、おキミたちを苦しめた。そこには日本人への憎悪がむきだしだった。

そしてどうにも堪えきれずに、おキミは四、五人の客のなかでおしっこを洩らす。それを笑いながら眺められるのだった。おキミは性をひさぐにとどまらず、胸の奥にしまっていた最後の誇りまで買いとられていくのだった。

おキミが老いて寝こんでからも、なお身をふるわせて、おもわず朝鮮語でののしりだすのは、尿意をもよおすときであった。綾が「おかあさん、あたししかいないわ」と抱きおこしても、なおもおキミはからだをがくがくさせて堪えているのだ。

そして綾に、ならんでいっしょに排尿せよと狂う。

「あたしはなんにもいえなくなる。抱いていっしょにおしっこしながら、あたしは二人で泣いてしまう。やっとキミはあたしを許すのよ、泣きあっているときだけは……」

と、綾は森崎にいった。

アジアと女がひとつになった「からゆきさん」は、森崎には非常に荷の重いものであった。いくどとなく、ゆきどまり、ゆきくれていく。とても人ごとと思えぬおもいが、森崎を怒りやはずかしさのかたまりにしていった。

綾の死

森崎は、綾にこそ「からゆきさん」を書いてほしいと願っていた。綾は『無名通信』の頃も、またあの強姦事件の時も、森崎の良き相談相手であった。

地元の古い新聞から集めた資料を持ち、何度か綾の家を訪ねた。白髪のちいさな髷を結った品のいいおキミが、式台に両手をついて挨拶をする。

綾の部屋で、森崎は彼女に対し「母たちの心を書いてほしい」といった。何度目かの来訪の時、綾はいった。

「わたしね、入院するかもしれない……」

森崎はタクシーを待たせていた。

「入院？　タクシーを待たせているの。また調べて持ってくる。古い資料を書き写したの」

森崎は駅へと引き返し、列車を乗り継いで自宅へ帰った。

しかし、やがて綾の入院のしらせが届く。彼女は見違えるほど衰弱していた。「もうながくない」とささやく。

「弱音を吐かないでよ。お願い」

ベッドの枕元で森崎は頼んだ。

「死んだらあなたの肩にのっかって一緒に生きる。勝手だけど決めたの。ずーっとあなたの肩にいる……」

「何を言ってるのよ。書きなさい、あなたしかいないでしょ。女の海がみえている女性は。橋の下の女と共に女性史を産んでよ。お願い、手伝うよ」

綾は森崎をみつめて微笑したままだった。綾はその夜からいくばくもなく故人となった。

森崎にとって「海」という言葉は重い。「海」という言葉にこめられているものは、何だろうか――大日本帝国が植民地を陵辱していく中、「海」の向こうで植民者の一人として生まれ育った森崎には、自らが置かれた立場の確認、そしてその上で自らはどのように生きるべきなのかの確認が、どうしても必要であった。これらの確認のための対象が「海」なのであった。そして森崎は『からゆきさん』の執筆の少し前、一九七〇年代から、日本海側を中心に旅をするようになっていく。

森崎は後に『北上幻想――いのちの母国をさがす旅』の中で、あらためて綾のことを書いている。

引き揚げ以来、身にしみてつらく思ってきたのは、植民地で生まれ一七歳まで育った私が、日本や近隣アジアの歴史を知るにつれて、いっそうありありと、わが魂は朝鮮海峡の波間を今もただよいつづけている、と感じることだった。くりかえし海辺の浦々へと旅してしまうのも、そして韓国への訪問を重ねるのも、私の肩で世の中を見ていくと遺言したからゆきさんの落とし子の彼女と、二人連れで、わが原郷といえる原日本の精神界を探しあて、あの波間の魂を呼びもどしたいからにほかならない。

ヨシ

森崎が最も力を入れて書いた「からゆきさん」は、ヨシであった。ヨシもまた、六人きょうだいの長女として、天草に生まれた。天草は貧しい島だった。そして「からゆき」となったのは、長崎と熊本の天草出身が多い。鎖国のあいだも海外へのただひとつの窓であった長崎。その長崎に近い村むらでは、海外へ渡ることに対しての警戒心が少なかったといえよう。

ヨシは、一九でからゆきとなった。ちょうど日露戦争のあとである。ヨシはまず上海で五年ほど娼妓(しょうぎ)奉公をし、そしてシンガポールへ渡った。

「五円玉いっちょ握って逃げだした。フランスの船員に金をやって船にかくしてもろうた。人目をしのんで内緒金をためるのは、くされ橋をあるくげな気色じゃった」と、身近な人びとに語っている。

ヨシはシンガポールに着くと、日本人にみつからぬように走った。外人の店をみつけてそこにとびこんだ。爪みがきの店であった。ヨシはその店で懸命に働きながら、小銭をたくわえた。その後転々としたあげく、インドのボンベイで、「ジャパニーズ・マッサージ店」を開く。天草の郷里から娘を幾人か呼びよせ、紅白粉をつけさせず、白衣を着せ働かせた。日本娘とみれば売笑婦と思う情況の他民族のなかで、ヨシたちは働いた。それは、娼婦ではない女をみせたい、という気持ちからであった。

ヨシはやといいれた日本人の娘に、まずこう話した。

「ジャパニーズ・マッサージは客商売じゃなかと。日の丸ば胸におさめた民間外交じゃいけん、身ぎれいにきりりとして、決して日の丸に指ささるるようなことをしちゃいかんばい。ええな」

森崎は、当時ヨシのもとで働いていた娘が、天草で船大工の女房となっているのを訪ねる。彼女はヨシのことを、西洋人のように色の白い大柄な、気っぷのいい人だったとなつかしがった――ある時、イギリス水兵が彼女に抱きついた。するとヨシは水兵を張りとばし、「どうぞ出てお行きなさい」とドアーをさししめした。水兵は仲間になだめられて出ていったという。彼女はその時のヨシの怒りのまなざしと、きらりと涙をうかべていた横顔とが、忘れられないと語った。

森崎にとっても、このヨシの生き方はふかぶかと心にしみた。単にしいたげられた女としてではなく、人格的に扱われることのなかった性を、まっとうに認識し、同性にもそれを示し、そして日本の女を買っていた他国の男たちへ、無言のうちに何かを伝えようとして、ヨシは生きた。

時は流れる——やがてくらしがたつようになって、ヨシは結婚した。あるイギリス系の船会社の事務長であった。ヨシとおないどしの四五歳の秀則であった。が、結婚しておちついてみると、子どものないことがさみしい年齢であった。秀則に相談して、ヨシは甥の子を天草まで引きとりにでかけ、養女とした。洋子であった。ようやく人並みの平凡な日々を手にしたかに思えた。

だが満州事変がおこり、日本は世界で孤立しだした。したしいイギリス人などは、そのしたしさゆえに、店にやってこなくなった。英字新聞は、日本が中国へむけて出兵の準備をしていると書きたてた。そしてヨシはこれを機に郷里に引き揚げることにした。

日本に着いて五日後、旅の疲れが出たのか、夫が急死してしまう。ヨシはうつろな心で日々を過ごしていた。やがて日本がアメリカと戦争をはじめる。

「ばかなこっばして。外国へ行ってみればわかっとに。こがんこまか国が世界の白眼ばうけて、なんのよかこっがあろうか」とヨシは憤慨した。

やがて、日本は敗戦。そして養女の洋子は妻子ある男とかけおちした。

「洋子は死んでしもうた」

生きて築いてきたかに思えたすべてがなくなった。やっとわたりあるいた海のむこうでの孤独な日々、そして何とかつかみとった結婚と養女。みんな、すべて、うしなった。なにひとつのこっていなかった。

「子持たんものはこの世はやみじゃ……」

ヨシは近所の女たちへそういった。ヨシはぼんやりと海をみてくらす日が多くなった。

ヨシの死

白いドレスを着て、ヨシは海を見ている。そんなヨシを、むかいの家のミトシは気にかけていた。

盆がすぎ、九月にはいった、一〇日の夜は月が明るかった。ヨシの家は二階も下もあかあか電灯がついていた。ミトシは「お客さんが来とらすばいね」と家人にいった。

「そればって、ばあちゃんは外に立っとらすよ」

と孫がいった。ミトシも涼みがてら外へ出た。

「やがてお月見ばいなあ。日がたつのは早かね」

とヨシに声をかけた。

「早かなあ。なんもかんも夢んごたるなあ」

ヨシは空をみていた。ミトシが家に入ってからも、ヨシはいつまでも立っていた。

この夜から一日おいた一二日の午前のことである。「ヨシキトクスグコイ」という電報を持った、ヨシの甥の嫁がかけつけてきた。

ミトシは、はっと思いあたる気持ちで嫁たちとかけつけた。家は玄関も縁も内から閉めてあった。雨戸は釘づけてあった。ミトシたちは道具を使いこじ開けると、なだれるように家へ入った。

家のなかはまっくらであった。畳が上げてあるようだった。灯をともし雨戸をあけて、昼の光をいれた。広い家のなかはしんとしていた。

ヨシは座敷でねていた。あたらしい絹のふとんのなかで、すでに虫の息であった。

家のなかはすっかり片づけられ、拭きあげられて光っていた。ちり一つおちていない家の座敷で、白無垢(しろむく)を着て、白い手甲(てっこう)や脚絆(きゃはん)をつけて死装束をしたヨシがじゅずを手にして目を閉じていたのである。そして、両足をきりりと白紐(ひも)でしばり、身動きすらしていなかった。

枕もとには、位牌(いはい)とロウソク、線香、じゅず。髪も染めなおし、枕カバー、シーツ、ふとんカバーも新品であった。足もとには、自分の死体を清めてもらう消毒薬、消毒綿。洗面器の新しいものがおかれていた。覚悟の死であった。

ヨシと森崎

森崎はヨシの死を知ったあと、何年も彼女について書くことができなかった。ヨシの死は、彼女の沈黙のことばのように、森崎を圧迫し続けた。

森崎の心には、たった一つ、しこりとなって溶けないものが残っていたのである。それは自分の死に対する完璧な始末であった。なかでも、湯灌（ゆかん）のための消毒綿がひっかかっていた。『なぜ、野垂れ死にをなさらなかったのですか』――繰り返し、森崎は心の中でヨシをなじった。

ヨシは身の丈いっぱいの屈辱を負って、幾度か無一文で世間にいどみながら自活の道を開いた。彼女は体をはって生きたのである。それは彼女の哲学となっていて、娘たちへもいつも力いっぱい生きよと言いきかせた。ヨシは自分で自分を律しつつ生きることで、男に売られたりもてあそばれたりした、自分をとりかえそうとしてきたのである。

そして老齢のため、人の世話を受けねばならなくなったとき、死を選んだ。ふとんの足もとに置かれた湯灌の小道具が、森崎の心を深く打つ。

森崎は乳のみ子を思い出す。乳のみ子はその存在をまるごと森崎の手にゆだね、育つ力ばかりぱちぱちまたたく瞳に宿らせていた。その力は、やがて独立した人格として社会的に出逢う日を予感させた。それは多くの男親が言うように「こいつといっしょに酒を飲む日がたのしみ」になる、そのような自立者の芽だった。森崎は幼子をあずけたり、あずけられたりしながら、集会やデモや会議を続けることができた。そんなふうに、他人の手を要するものとの関係をかかえこんで、森崎はくらしてきた。

森崎の感性は、ヨシの自殺に激しく反発する——一人では生きがたくなった肉体のままで、生きたい。乳のみ子が、ものごころつくまでの自分を他の手にゆだねて恥じないように、その逆をたどりつつ野たれ死にするまでの人間のすべてを、なぜたのしめないのだろうか。野たれ死にとはそのようなもので、存在とはもともと、そうした半面をふくむものなのだ……。

——数年がたった。あるとき、森崎がいつものようにヨシへ語りかけていて、はっとひびくものに出あう。

森崎はながらく男と女、そしてその性愛について考えてきた。心と体とを自分以外のものへと委ねあう性愛から、やさしさはうまれる。

森崎の脳裏には、一九歳のヨシの姿が浮かんできた。ヨシはその性愛のやさしさを奪われたのだ。その伝えようもない悲哀が、足もとに用意された消毒綿や消毒薬や洗面器となって浮かびあがってきた。「人は大きな自然の中へ消えていく」——そのような自然に対してさえ、体をかたくして心身を委ねかねているように思われてきた。

森崎の心はふるえた。そして森崎は、ヨシに書かせられてでもいるように、ヨシの生涯を書き始めた。彼女が伝えたがっていた人々へ向かって……。

森崎と山崎朋子

森崎は一九六九年、ヨシの生涯を「あるからゆきさんの生涯」として書いた。掲載されたのは、谷川健一が編集した『ドキュメント日本人　5巻　棄民』である。

それまでからゆきさんについて書かれた書物は、すべて男性の手によるものだった。森崎のこの作品は、女性の手によってまとめられた初の「からゆきさん」についての文章である。

「あるからゆきさんの生涯」が書かれる一年前の夏のことである。「アジア女性交流史研究会」で交流のあった、山崎朋子（一九三二〜二〇一八）が森崎を訪ねてきた。山崎も「天草のからゆきさんに会いたい」というのだ。東京に住み、初の天草での取材に緊張する山崎を、森崎は自宅に泊めた。そして何度も天草を訪れている森崎はこう言った。

「離島の苦しみをなめつづけてきた天草への旅なら、坦々とした陸路を行くのではなく、せめて、海から入っていくべきね」

そして山崎の気持ちをほぐすために、油絵を描いている豊原怜子をスケッチ旅行という名目で、旅に同行するようにはからった。

この旅で山崎は幸運にも、元からゆきであるおサキさんと出会うことができたのである。秋になり改めて山崎は、三週間おサキさんの家に泊めてもらい、彼女の人生やその朋輩だった女性の人生を聞きとった。そして森崎の「あるからゆきさんの生涯」を読んだことで、山崎もおサキさんたちの人生を本としてまとめることに着手した。

一九七二年、山崎は『サンダカン八番娼館』を出版する。この本は話題となり、映画化もされる。だが、森崎はある種の違和感をおぼえていた。それはあまりにも、からゆきさんを被害者として、山崎が捉えていることであった。山崎の本にはこうある。

ひとくちに売春婦とは言うものの、その在りようや境遇は、かならずしも同一ではない。〈中略〉俗謡や踊りなどの芸を売物に酒席にはべる芸者を上として、下には東京の吉原・洲崎・新宿などの遊郭に働く公娼や場末の私娼があり、さらにその下には、日本の国土をあとにして海外に連れ出され、そこで異国人を客としなければならなかった〈からゆきさん〉という存在もあったからだ。そして、これら幾種類かの売春婦たちのどれがもっとも悲惨であったかを問うことは、あまり意味をなさないことかもしれないが、それでもあえて問うならば、おそらく誰もが、それは海外売春婦であると答えるのではなかろうか。

「からゆきさんが抱いた世界」

森崎は一九七四年に「からゆきさんが抱いた世界」を、雑誌『現代の眼』に発表する。からゆきさんを被害者とのみ捉えた山崎のからゆきさん像を受容し消費していく社会に対しての批判が、この文章にはある。

からゆきさんは昨今でこそ出身地域の人々は秘めようとするけれども、地域内では村人が公認する出稼ぎなのであった。ことに天草では、今は公務員や商店その他をしている人々の身うちにも、親世代の誰かがからゆきさんだということは珍しくない。森崎は幾度もそうした人々に出会っているし、東京や京都の学生が「伯母がそうでした」などと話しに来たりしている。

森崎はこう記している。

> ところでこうして定着しているものを、外部へ秘めさせるようになった。私はその契機に、たとえば炭坑の人々が抵抗しつづけてきたものと同質の社会の目を感じている。
>
> （『匪賊の笛』）

また山崎の意識からは、日本国家というものが抜け落ちているのではないだろうか。日本の植民地主義を鋭く問うてきた森崎は、近代化自体への批判と対決をこめて、からゆきさんに対している。「からゆきさん」の存在は、日本の近代化のひずみそのものであると、森崎は捉えているのだ。そして、そうした姿勢を持たない限り、からゆきさんに対する見方は猟奇性の枠を越えない、と社会を批判しているのだ。

森崎は炭坑の人々とからゆきさんの、共有する面をみている。それは、農村からはじき出されて炭坑に流れついた坑夫と、食うに食えなくなって農村から追われて海を渡ったからゆきさん。この従来の日本の共同体からはじき出された人々は、流民ともいえるのではないだろうか。なにより、森崎は自らの存在を流民として認識していた。色川大吉との対談の中で、彼女はこう語っている。

> 私自身が流民なんですね。親たちが朝鮮へ流れていき、私は朝鮮で生まれ、戦争で追い出され、日本にうまく落ち着けなくて、都市は朝鮮での日本人町にそっくりだし、〔だから――引用者〕炭坑に入りこんだんです。

流民の精神史

森崎はまた、上野英信との対談でこう述べている。

けれども生活者というものはそういうふうに、出ていきたくて出ていったわけではなく、食いつめて出ていくわけですからね。そしてそこで、いかに生きるかを自分に問い続けているんです。先達のいない荒地に注がれている思想性というものはたいへんなものだと、炭坑にきてしみじみ思いました。私は国外に売られた女を書こうと思ったわけではなくて、そういうふうに村から追われるように出て、くりかえし一人になって開拓していった、名もない人びとの精神のあとをたどりたいと思ったわけです。それをたどるためには、私が女として生まれたこと、さらに国外で生まれたこと、そういうものを重ねて掘らなければ身動きできませんから、たまたま『からゆきさん』という形で書いたわけです。

流民となったからゆきさんは、かの地で懸命に生きていこうとした。森崎は、被害者としてではなく、流れていった土地で果敢に生きていこうとしたからゆきさんの精神のあとを描こう、と決意した。

その視点にはっきりと立った森崎は、それまで書きためてきた下書きをすべて書き直しはじめる。そして一九七六年、綾さんと出会ってからの二〇年の歳月をかけた『からゆきさん』が、遂に完成する。

三　『第三の性』をめぐって

生む女／生まない女

『からゆきさん』を書きながら、くりかえし森崎の心に迫ってきたものは、「子持たんものはこの世はやみじゃ……」というヨシの言葉であった。

何人ものからゆきさんが、子を「生めない女」としての悲哀を語っている。

生む女／生まない女の間にひろがっている断層は、子どもを産んだ直後から、森崎の目の前に立ちふさがってきたものだった。そして、谷川との出会いと別れを通して、何度も書き直してきた『第三の性』で、森崎はこの問題を切実に描いている。

『第三の性』が出版されたのは、一九六五年である。そして日本におけるウーマン・リブの幕開けは、一九七〇年であった。森崎はたった一人で、性の問題を考え続けていたのだった。

この本は、同世代に属する沙枝と律子という二人の女性の交換ノートとして書かれている。この二人の対話は、実際に女性交流誌『無名通信』での友人と森崎との交換ノートを基にしている。

交換ノートのテーマは、恋愛、出産、夫婦関係、家族関係、男女の社会的地位、同性・異性との交友関係と多岐にわたっている。だが、もっとも深刻な対話は、生む女／生まない女の問題である。

沙枝は森崎自身を投映している。そして気管支拡張症を患う律子は、病弱なため男性との恋愛経験を持ってはいない。

律子のことば

16章において、律子は沙枝に向かっておもむろに「沙枝さん、あなたは子供を産んでる、いいなあ」と述べる。その少し後で、律子は自分と沙枝との間の溝をこのように説明する。

あなたの話に対するわたしの抵抗はね、沙枝さんは「産んだ」のだという事実にある気がする。「産まない女」「産んでいない女」の劣等感と疎外感は、おそらく、産んだ女であるあなたには（また言ってしまうけれど）分からない。そしてこれは具体物として目の前にあることを指すんだから、もうわたしにはどうしようもない。

律子は沙枝に、「生んだ女」と「生まない女」の間には「なんの手がかりもない真空地帯」が存在するのだという。律子は、「生まない女」の「生んだ女」に対する激しい劣等感を、「生まない女は、女でなく、しらちゃけたただのころんとした生命体。中性ともいえぬ一個の生命体にすぎない」という強烈なことばを用いて表現する。

そして律子は、「だから、「生んだ」女たち、あるいは「生むこと」を前提にしている女たちが、「生む」について、また「性」についての懐疑をあれこれすることさえ、生む・生めるということをふまえた存在の不遜ではないかとわたしに思える」という。「生んだ女」の傲慢さを鋭く指摘する。この発言は「生まない女」の痛みを欠落させた沙枝の性愛論に対する痛烈な批判となっているのだ。

沙枝のことば

沙枝は律子のことばを、17章でこう受けとめる。

律子さんはわたしへあらあらしく迫ってくれる。わたしは身が細るように感じながらそれを受けているんです。あなたの声であり、そしてたくさんの産まない女たちの声。

沙枝は律子のことばを受けとめながら、「生んだ女」と「生まない女」の間に断層と階層が存在しているのを認めている。そのうえで沙枝は、それらが子を産めない女を「石女（うまずめ）」と差別してきた「支配権力」と子どもを生んだことに優越感を持つ「生んだ女」との共犯関係によってなりたっていると分析をする。

そうしてなお残っているこの断層。真空地帯。その真空地帯を形成したものは「わたしゃあ子供を生んだんですよ。くやしかったら生んだらいい」と悪態つくところの、さんぜんとした殿堂だ。石女は離縁という古来の支配権力の伝統と手を握りあっている母族殿堂。

他方で沙枝は、産の両側にいる女たちが「まだ本質的な交流を持ちあっていない」と指摘し、「生むことをはさんでの女たちの真空地帯」をつくり出している男性支配の原理にこそ目を向けるべきだと律子を促す。

問題化されるべきは、生む／生まないではなく、この違いを意識の階層性として内面化させ、断層をうんでいる近代的家族観、性観念、生命観にある、という論点を、森崎は沙枝に託して明快に示したのである。

律子さん、わたしたちの間によこたわる真空地帯は、その両側にいる女たちが、まだ本質的な交流を持ちあっていないことからでてくるのではないでしょうか。それぞれの自己条件を認識して、その真空地帯を生ませた張本人である弱肉強食の歴史との同伴者的殿堂の体質を、うちこわすことを共有しあっていないからではないかしら。共有の欠如ではないかしら。

森崎は、男性優位の社会が「生まない女」に痛みを強いていることを指摘する。そして、こうよびかける。

百姓の生まれでないから百姓の閉鎖は分からんとか、娼婦となれなかったから娼婦の苦痛にどう手だしもできんとか放言しあうだけではなんにも出てこない。それぞれの自己条件を、この世界的な閉鎖破壊へむけて押し出す力を共有しあうんです。

他者に対して自重するでも自嘲するでもない、切羽詰まったよびかけである。

男性支配の原理をのりこえ、生む女も生まない女も、手を取りあってこの分断を越えていきたい。森崎は、生む女も生まない女も、のびやかに生きられる社会を希求した。

そして後に、長い年月をかけて『からゆきさん』を完成させたねらいについて、こう書き記している。

産めない女の痛みを通して、日本をふりかえるつもりで書いた。

第三章　いのちへの旅

一　野添憲治との対話

『まっくら』の人との出会い

野添憲治は一九三五年、秋田の貧しい家に生まれた。小学二年から稼ぎに歩き、小学校と中学校を通して、学校へは半分も行けなかった。そして中学の後、七年間にわたる山林労働の出稼ぎを経験している。その時の自らの体験は、のちに『出稼ぎ——少年伐採夫の記録』としてまとめられることとなる。

二〇代後半、野添は秋田県内の農村での聞きとりを始める。とくに力を入れたのが、大正から昭和にかけて争われた小作争議を、農民として戦った人たちの聞きとりであった。その仕事を続けるなかで、より確かな農民を自分のなかに詰め込むことによって自分を変えたいと願っていた。だが、聞きとりは思うようには進まなかった。

そんな時に出会ったのが、森崎和江が書いた『まっくら』であった。野添は大変、驚いた。

それは、人間に接する時の森崎のあったかさが、行間からトコトコと伝わってくることだった。「俺にはこのあったかさが、欠けとったんだな」ということを、野添は思いしった。以後、『まっくら』は人生の伴侶となり、野添が何十回となく読んだため、表紙も本の体裁もかなり傷んでしまったほどだった。

いくつかの仕事をへて、野添はルポライターとなる。『底辺からの告発』、『秋田の職人たち』、『開拓農民の記録』などの作品を書いている。やがて、野添が森崎の『まっくら』と出会ってから二〇年近い月日が流れた。

なんと野添も会員となっている「民話と文学の会」の座談会に、森崎が参加するというのだ。編集部からの参加の誘いの電話が、野添にもはいる。

わたしは正直のところドキリとした。心の動揺を電話を通して相手方に知られまいと、何度も深呼吸をしてから返事をしたが、まさかこんな形で森崎さんにお会いするとは、夢にも考えていなかった。そして、そんな会い方をしていいのかなと思う一方では、でも自分から進んで会いに行くようなわたしではないことを自分でよく知っているだけに、ちょうどいい機会だという気もした。

野添の言葉である。

座談は一九七八年（昭和五三）七月に東京でおこなわれた。途中の休憩もいれて座談は四時間以上も続いたが、野添は不思議と疲れを感じなかった。初対面であった森崎とも、昔からの知己のような雰囲気のなかで話ができた。二〇年も前から、『まっくら』を通して話を続けてきた人だ、という思いが強くわいてきた――この時、野添四三歳、森崎は五一歳であった。

野添はこの座談会が終わった晩の夜行で秋田に帰った。永年にわたって影響を受けた人にようやく会えたという思いよりも、心から共感できる人に会うことができたという思いの方が逆に強くなっていた。

『魂ッコの旅』

それから二ヶ月ほどした九月、突然、森崎からの電話が野添にはいる。「これから東北に行きたい」というのだ。野添にとって、なつかしい声が、すぐ眼の前でおどっているようだった。そして野添の住む秋田の能代（のしろ）にも寄ってくれるというのだ。

野添はひとりだけで森崎に会うのはもったいないと思い、懇意にしている秋田書房の編集者にしらせると、彼もとんできた。

能代に着いた森崎は、こう言った。「ほんとうに秋田らしい秋田の村を見たい」

野添はマタギ発祥の地である阿仁(あに)に、森崎を案内することにした。そしてさらに奥の根子(ねっこ)集落へと足を進めた。ここはかつて秋田マタギが最も盛んなところであり、もっとも遅くまで残り続けた土地であった。そして八四歳になるマタギ老人の話を一緒に聞いた。森崎はこう、感想をもらしている。

狩猟していた人たちが住んでいる村っていうのはいいもんですね。からっとしている。マタギ、またある意味では山林労働の仕事もそうでしょうけれど、幅広く動いたものをまたふるさとに持ち帰ってくるでしょう。それでまた出て行って動く、そういう往復運動ののびやかさがありましたね、あのおじいさん。何か、ほんとうに閉鎖的じゃないですね。

おじいさんは何度か「んだ、んだ」といった。森崎はいう。

私、「んだ、んだ」というのが文字でみたときわからなかったんです。が、あなたたちが話していらっしゃるのを聞いていてね、「ああ、そうだ」とかね、共感、納得の意味でしょう?

きっと生活的で肉感的な言葉だろうな、とは思っていたんですが、現地へ来て、話していらっしゃるのを聞いて、「んだ、んだ」というのだけが、まずわかった(笑)。

この時の森崎と野添の対話は、秋田書房から『魂ッコの旅』として、翌年にまとめられている。その中から、森崎と野添の対話を辿ってみる。まずは、森崎。

私がここへ来ましたのは、ひとつは、是非とも野添さんにお会いしたかったこと。それから野添さんが生きていらっしゃる東北に会いたかったこと。

なんとか九州になじもうと努めてもうかれこれ三〇年。そして、ひょいと気がつきますとね、九州、つまり、日本の南の方の生活の呼吸というのか、生き方というのか、それがいくらかわかってきて、私自身もその伝統に身をまかせようとしているんです。それが嬉しくて、そっとからだを伸ばして、今度は日本全体を感じてみたいなあと思うようになったんです。

そしてこの後、森崎が五〇代、六〇代をかけて考えていこうとするものが、野添との対話の中で浮かびあがってくる。

いろいろ不思議に思うのは、たとえば恐山での口寄せとか、あるいは沖縄のあたりで、「魂落とした」という言葉があって、どこかころんだところで魂を落としたので、そこへ行ってお母さんが一生懸命お祈りをして、子どもが落とした魂を子どもに返してくださいというようなね、そんな話があったりするでしょう。そのようなね、日本の一部にはまだ「古代」がそのまんま残っているようなところがあるのね。これだけ近代化されているのに。私、ふしぎに思うんです。

天皇制下の日本の男性がこの社会を、表層部分では技術的に支配しているように見えるけど、情念の世界というか、深層心理というのか、民衆のくらしでは母系社会ふうな共同性が残っているなあと、近代生活とそれは二重になっているなって、思っちゃうんですね。

天皇制下の男性中心の世界観と、古代からつながる女性の世界との大きな断層が、森崎の眼前に口をあけているのだ。

そして、森崎の「魂」という言葉を受けて、野添はこう語る。

山形名産の紅花のそもそものはじまりは、伊勢参りに行った人たちが運んできたものなんだそうですね。藩以外には紅花を出せなかったそうで、それを農民がこっそり持ってきて植えたのが、山形に残っているんだそうですが、昔はそうした交流が実にうまかったんですね。

藍だってそうですよね。やっぱり体を運んで行って、盗んでくるんです（笑）。それは、種だけ持って来たんじゃなくて、その底に農民と農民との交流があって、こういうふうにつくるんだよということを聞いてきてるし、向こうでも教えてるんですね。それは体を運んだからそうなったんで、やっぱり戦後のほうが体を運ぶということをしないですね。だから風俗は伝わるが、魂ッコは伝わらないわけですよね。

野添にとって「体を運ぶ」というのは、観光旅行のことではない。やはり、旅をしないとダメだ、という。それに続いて森崎もいう。

私もやはり「旅」だと思います。旅というのは自分を変えることでしょ。知っていた自分でない自分になるために未見の世へ行こうってことでしょう。

そして対話は「物言わぬ農民」という表現をめぐって、二人の考えが続いていく。野添にとっては、それは農民を侮辱した言葉であった。森崎も、「物言わぬ農民」というのではなくて、その沈黙はやはり「ノー」ということを言っているのだ、という。二人に共通するのは、その沈黙を「見る力」を持たなければいけない、ということだった。そして、言葉にならないものを、どう表現するのか、という話になった時、森崎はこう語った。

　沈黙の重さというものがあってね、私、女だからそう思うのかもしれませんけれども、自分のなかに「古代」がそのまんま生きていると感ずるほど表現できないものがあるんですよね。ほんとうに。ここが表現できたらば私はもう言うことはないという何ものかがありましてね、それを言語化したいなあという気持ちがあるんです。でも、その方法がうまく見つからないんですがね。

森崎は阿仁を訪れた時、地元のおばあさんにこう聞いている。

「このあたりに昔、産小屋（うぶごや）がありましたか」

森崎は生命の生誕に深い関心がある。だが、それを表現することはできていない。そしてまた、世のなかの男性に、あなたがたは女をこう見ているけれども、しかし、生命を宿している女とはこうです、というふうに伝えたいという肉体的なうずきがある。それを言葉にしたいと願いながら、ずっと沈黙し続けてきているのだ。

そして一〇代の頃から森崎の奥底に流れているものは、天皇制のもとでの男性中心の社会のありように対する「抗い」の心であった。

二人の心の底からの対話は、次の森崎の言葉によってしめくくられた。

「おきしたことを足がかりにして、これから東北の魂ッコにふれに旅を続けます」

二　北へ――海の民をたずねて

鐘崎（宗像市）

野添との対話の少し前のことである。森崎は鐘崎の港を訪れていた。『からゆきさん』を書きあげた後、森崎は何かにひかれるように、この港をたびたび訪れている。

鐘崎は福岡県宗像市に古くからある漁港で、日本の海女の発祥地である。森崎には、海辺に生きる人びとの風土に根付いた暮らしの中に、日本を探したいという思いがわいてきたのである。

本田力江さんからは何度も話を聞いていた。娘の美智代さんも「お母さんは、森崎さんと話がよう合いよったもんね」と振り返っている。海女であった本田力江さんは、こう語った。

「子どもは五人産んだ。子どもを手こぎの船に乗せて、船の上にお父さんがおりましてね。赤ん坊を船に寝して。その頃はさらしの襦袢（じゅばん）着て、一時間、一時間半も海に入りゃあ、寒うなります。真夏でもねえ。上にあがって、その間に乳飲ませまして……」

森崎はかつて聞いたタマカゼの話を思い出した。


海ん中になんがおるやら、誰が知っとるな。海の中はわかめやほんだわらが畑のごと生えとる。おこぜに刺されたなら舟の中で寝るげな目に遭うばい。

まあそげなもんなら、まだよかうちばい。なんに会うたのやら、あ、と思うた時には、わかめやかじきの畑の中にぼうとなって、ゆらあと寝てしまうことのある。

わしらはタマカゼに会うたというが、本人はなんにさわったか、それはわからん。海の中にはなんぼでも仏さんの沈んでござるとたい。瀬をさぐりよって、どこの誰ともしれんが、仏さんにさわってその魂が海女にすがりつくことのあると。まつってもらいとうて、海の中ば流れて待ってござるとたい。生死のあいまを何百年も流れてござるとたい。

そしてまた、この海では古代より、あわびを採ってきた。「魏志倭人伝」には玄界灘沿岸に、潜水漁で暮らす人びとがいたと伝えている。また『万葉集』にも海女をうたった歌が残っている。あわびは祝いの食べ物とされており、税の一種である調・庸としても多く納められた。潜水の技術に優れた鐘崎海女は、出稼ぎとして長門、能登など遠く日本海岸に沿って出かけ、家族ぐるみでそこに住みついたものも多い。何百年となく、鐘崎の海女は日本海を北上していったのだ。

そんな暮らしの中で生まれた伝説に、森崎の心を捉えた話がある。「長寿の海女」の話である。

筑前のくににうら若い海女の娘がいた。ある時、地元のほら貝を食べたところ、不老長寿となり、うら若い姿のまま老いることがなくなった。人びとは魔性のものかとあやしみ、女はついに村を出て遊行の身となった。あちらこちらを訪ね歩き、愛した男も、育てた子も次つぎに冥府に見送りつつ、やがて北のはしの津軽に来たのだった。

この後、森崎はこの長寿伝説を追って、日本海側を北へと旅するようになる。

また森崎は、海で暮らす人びとの祈りの心にもひかれていた。海女は漁をする前に、必ず海の神さんに海が荒れないようにと祈った。

この鐘崎のあたりは、古代、海人である宗像族が住んでいた地だ。宗像族は漁労、航海など海上において活動し、四世紀以降は海上輸送で力をつけることとなった。その宗像族が祀っていたのが、沖ノ島の神であった。

森崎が話を聞いた漁師たちはこう語る。

「昔から宗像の漁師は、お言わずさまを信仰してきとりますばい。漁師は死ぬまでに一回はお言わずさんのお助けくださるとたい。昔はあんまり口にも出しきらんじゃった。口に出して、万が一、ようないことがあると、あたしら漁師は船板一枚下は地獄でしょうが」

お言わずさまとは、宗像の神である。口にするのもはばかる神の意で、古来より航路守護神として、海民の信仰が厚い。

「宗像の神さまは、おなごですばい。沖ノ島は玄界灘のまんなかにある無人島ですたい。神さまの島ですたい。あたしら漁師は、時化(しけ)で沖ノ島に船をつけた時は、裸になって潮で体を洗うてあがります。あの島にはおなごは昔から上陸されん。女人禁制ですたい。あの島は、しばの葉ひとつ持ち出されまっせん。もし、万が一、しばの葉ひとつ小石ひとつ持ち出す者のあれば、海の荒れ狂うて船の沈んだり家内によからぬことのでけたりします」

しかし大和政権が成立し律令制がひかれるようになると、宗像の海神は『古事記』『日本書紀』

の「記紀神話」によって八世紀ごろ上書きされていく。アマテラスとスサノオとが、心の清明さのあかし（誓約）として、たがいに子を生みあったとき生まれた神が、宗像の神とされていくのだ。

だが森崎には大和政権の「国造り神話」に上書きされる以前の、玄界灘の海に生きた人びとの海洋信仰こそが大切に思われた。そして同じようなことが、日本全国にみられるのだろうと感じた。

一九七八年のある時、鐘崎の海女の取材の帰りたまたま通った道の側の丘の上に、森崎はひらひらと旗が揺れているのを見つけた。『何かお地蔵さんでも祭っているのかなあ』と行ってみると、分譲住宅が建ちかかっているのだった。森崎はその場で「一軒お願いします」と申しこんだのだった。

警察官の知り合いである松崎武俊は、森崎の早計を笑いながらも色々と調べてくれた。そして高台なので洪水の心配もない、とわかった後、森崎は東京で下宿している二人の子に電話で相談した。

「家を移りたいの。宗像郡東郷町っていうところで静かな丘の上よ。潮風が感じられるのよ。まわりは海の方まで雑木林なの」

二五歳になっていた娘の恵はこう言った。

「あ、いつかママと通った丘の上？　あそこに家が建つの？　移る時は知らせてね、手伝うからね」

二二歳の息子の泉は、「どうぞ、ご自由に」との返事であった。いつぞや彼の下宿に立ち寄った時、部屋のすみの小さな冷蔵庫の中で、森崎が送った手作りのつくだ煮が、かびていた。『はい。では、自由にさせていただきます。互いに、それぞれ旅のさなかなのだ』

そして翌一九七九年、森崎は二〇年間住んだ炭坑町であった中間を離れ、現在は沖ノ島を含む大島村などと合併して市となっている宗像へと転居した。五二歳のことであった。親しい友人にはこう電話している。

「宗像海神族になれそうです」

そして宗像は、意識したことはなかったが、早くに亡くなった母愛子の故郷であった。

若狭　小浜（おばま）

宗像に居をかまえてから森崎は何年もの間、くり返しくり返し北の地を訪れることとなる。その中でも特に森崎が心ひかれたのが「長寿の伝説」が今も残るという若狭の小浜であった。八百歳生きたという「八百比丘尼（やおびくに）伝説」である。

小浜のまちの西の海辺に勢という村があった。村に住む高橋長者は折々に小浜の長者たちと宴をもよおしてたのしんでいた。その宴の客のひとりが、あるとき、長者たちを饗応するとて舟をよこした。舟に長者たちが乗りこむと、何やら覆いをかぶせ、海中へとすべりこんだ。やがて彼の家につき酒宴となったのだが、どことなく常ならぬたたずまいが気にかかり、ひとりが勝手もとへ行って中の様子をうかがった。すると人魚を料理している様子。そこでみなあやしく思っていたところ、炙物を運んできた。人びとは手をつけず、はやばやといとまごいをした。主人は炙物を土産として持たせたが、人びとは帰途それを捨てた。だが高橋長者は捨て忘れて家にもちかえり、棚にあげておいた。それを娘が知らずに食べたのだった。それ以来、娘は老いることなく、八百年の長寿をえたという。

その後、うら若い姿のまま娘は諸方をめぐり、最後は小浜に帰り、ある寺のかたわらにある洞窟の入口に椿を植えて洞に入った。そして食を断ち、経をあげつつ入定した。

人魚というのは、おそらくは外来の知識だと思われる。しかし、わにとか亀などを海の精霊としてみる気持ちは、日本の海辺にひろく分布している海洋信仰の心情であろう。

人間のいのちは海の彼方からやってきて、その胎に宿り、十月十日経った満潮の時間に、出産によって身二つとなるものだ、と海辺では伝わってきた。

鎌倉のころには、人魚は不吉な前兆だと考えられたこともあった。だが民間では、「潮はいのちを運ぶ」という信仰の使者のように、人魚はいのちを若がえらせる力を持つ、といい伝えられてきた。

そしてこの八百比丘尼伝説は、越後や佐渡にも伝わっている。対馬暖流にのって、海人たちの心情も漁法などとともに、北上していったのではないだろうか。森崎には、さらに北を目指したいという思いがわいてきた。中世初期には、この小浜から北陸や奥州、そして蝦夷地へと交易船が出ていたのだ。

小浜への幾度目かの旅のおり、森崎はかつて廻船問屋として栄えた邸（やしき）の主と出会った。森崎は名刺をだして挨拶をした。

「おや、むなかたにお住まいですか」

「これはなつかしい。ここの神さまは宗像の神さまですよ」と、邸の主。そして続けた。

「この住所を一目でむなかたと読める人は、そうざらにはいないのではありませんか。でもわたしは、ああ、と一度でわかりました。代々宗像神社の氏子です。ここの漁師は、みな宗像さまの氏子ですよ」

そう語って、森崎に船問屋として栄えた邸や、庭園に残っている海運の品々を見せてくれた。

した。

森崎には、対馬暖流にのって宗像海神族が今もこの海を渡っているかのような幻を見た思いが

小浜についてもう一つ、森崎の心を捉えていたものがある。それは古来より海辺に建ってい

たという「産小屋（うぶごや）」である。あの野添との対話のおりから、森崎の心の底に、言葉にできない

感応を呼びおこしていたものだ。

『古事記』にはこうある。

海幸（うみさち）は海のものをとって暮らす海人であった。弟の山幸（やまさち）は山のものをとる猟人（かりうど）であった。ある時、山幸は海神のくにへ行き、その娘トヨタマヒメと結ばれた。

海神の娘トヨタマヒメは山幸の子をみごもり、いよいよ産む時となって海辺に到り、そのなぎさに産屋を建てた。そして夫神に言う。「わたしども異郷の者は産む時、くににいた時の姿にもどります。どうぞわたしの姿をのぞかぬように」

夫の山幸はその言葉をふしぎに思い産屋をさしのぞく。そこには八尋鰐（やひろわに）が這いころがり苦しがっていた。山幸はおどろいて逃げ出す。トヨタマヒメはその子を産み終えると、約束を破られたことをかなしみつつ、子を産屋（うぶや）に残したまま海のくにへ去る。

代々、小浜に住み地元の歴史に詳しいO氏に、森崎は産小屋を案内してもらった。以前は、小浜の犬熊（いのくま）から敦賀にかけて多くの産小屋があったという。幾曲りの山道を登りつめ、トンネルを抜けると、産小屋があるという浦々が眼下に見えてきた。O氏は語る。

「ここは犬熊といいますが、どの村とも山越えをしないと行き来ができない所でした」

小屋は急峻な山にはりついている。

「おらの三人の子もみなここで産んだ。上の子は一八になるがね、この子は村の年寄りに取りあげてもろうた」

「奥さんはここで煮炊きなさったのですか」

「いんや、子が産まれたら村のもんがだれかれ、何やかや運んでくれるから。男は入れんことになっとるし」

「あなたもここで？」

「そう、古い産小屋があったけど、そこで産まれた」

この犬熊の産小屋は、昭和三七年ごろまでは実際に使われていた。今では漁の仕事の作業小屋となっている。このような産小屋が、かつてはこの海岸沿いの村々にあったのだった。

産小屋とは、産を不浄なものと考え、その不浄が家や家族にうつらないように自宅の外に作られたものだ。産婦は「別火（べっか）」と称して、家族とは別に煮炊きして食事をした。そして出産をし、忌が明けるまでを産小屋で過ごした。

鐘崎の海女たちは何百年も日本海を北上しつつ、お産の時はどうしていたのだろうかと森崎は思った。どこかの磯に仮小屋を建てたのだろうか。出産まぎわまで海に入っていて、船で産むこともあったという。

森崎にはどうしても、「産小屋」が産を不浄のものとした考えから設けられたとは思えなかった。ゆたかにいのちをもたらす海の女神を信仰しつつ、海を日常のくらしの場としてきた海女の心には、産が不浄のものという考え方はうまれそうにない。もっと自然な肯定的な捉え方をしていたのではないだろうか。

日本ではいつのころから、子産みを不浄視するようになったのだろうか。産の不浄視は、「男の感性」ではないだろうか、と森崎には思えた。また森崎には、「産神」がいないのが不思議に感じられる。いつのころからか、「産神」は「統治の神」にすりかえられたのではないだろうか。大和政権の「国造り神話」に対する、森崎の真っ向からの対決の問いである。

ことに「国造り神話」である『古事記』のトヨタマヒメの子産みの話。トヨタマヒメは産小屋をのぞいてくれるな、と夫に告げた。それは森崎には「女の性欲の深淵をのぞくな」といっているように聞こえてくるのだ。人類が両性の異質な情欲に気づいたのは、いつのころだろうか。

両性の性は、生理ばかりでなくその情念や意識を異にしている。森崎には、女の性を中心とした新たな「産」の思想をうみだしたい、という強い思いがつのってきた。

青森　津軽

さて、「長寿の海女」の伝説である。

筑前のくにの陶器売りの男が、奥州津軽まであきないに行き、津軽の港の舟宿に滞留して日ごとに荷を担いで売りに出ていた。ある日山道にふみ迷って、ようやく谷川のほとりにたどりついたところ、洗いものをしていたまだうら若い女に出会った。男は一夜の宿を乞い、生国は九州の筑前だが、といった。すると女はたいそう驚き、かつ涙ぐんで、男を家まで案内し、その身の上を語って涙を流した。

女は筑前のくにに、海人（あま）の娘として生まれ、貝など採っていたという。嫁いで子をもうけたが、ある時病にかかり、日に日に衰えていった。たまたまその子が海から採ってきたほら貝を食べたところ、次第に快方に向かい、床を離れることができた。ところが、それ以来というもののうら若い姿のまま、老いることがなくなった。とうとう子に先立たれ、さらには孫も曾孫も老いて、世を去っていった。

その後女は村を出て、あちらこちらを訪ね歩き、やがて北のはしの津軽に来たのだった。

森崎は、この玄界灘の長寿の海女の伝承を追って、自分自身も津軽を目指そうとしていた。そんな時、若狭の小浜の歴史に詳しいO氏がこんな話をしてくれたのだ。

若狭にある羽賀寺を再建したのは、津軽を席巻していた安東水軍の将、安藤(安東)康季(やすすえ)だというのだ。安東氏は鎌倉時代、津軽の十三湊を根城に日本海交易に活躍した豪族。津軽から若狭小浜あたりまでを自在に駆け巡っていた。

羽賀寺が焼失した時、安藤康季は莫大な銭を寄付してその再建に尽力した。その時、自らのことを「日之本将軍」と称し、天皇もその呼称を認めていたという。

また輪島には、安藤康季と遊女との恋物語が伝説として残っている。寄港した輪島の遊女と情を結び、船出しがたくなったとき、女は竜ヶ崎から入水して出航をうながしたと伝わる。康季は女をあわれみ同地に弁天像を建立した。津軽と若狭を行き来した勇者にまつわる伝承である。

いよいよ森崎は若狭を後にして、津軽をめざす。まず金沢から新潟に向かった。列車は日本海に沿って北上していく。そして羽越本線で秋田へと向かう。短いトンネルがつづいて、出入りのたびに夕霧が深くなっていく。車内に、老いた女がべんとうとお茶を売りにくる。灯がまたたき出し、夕闇の中に水田が広がる。秋田の能代でいったん降りる。野添が暮らしている町だ。

秋田県から津軽半島に行くには、青森県とのあいだに横たわる白神山地を越えねばならない。五能線で白神山地を日本海寄りに避けて、五所川原へ向かう。五所川原は津軽半島の要にあたる町だ。

五能線には、輪島のように行商の荷を背負った女たちが幾人も乗っていた。だが女たちはすこしずつ降り、みないなくなってしまった。やがて岩木山がくっきりと見えだした。雪をかむって端正な姿である。岩木山は神山としてしたしまれているという。車内の老女がこういう。

「頂上にひらたいとこ、あるの。そこ、お室があって岩木山の神さまがあるんだば。いいよ。あんたもお参りしてきたらいいよ。いいことあるんだば。誰行ってもいいんだよ」

岩木山の雪が溶けて麓の田はうるおう。山から流れ下る水が幾筋かの川をこしらえて岩木川となり、平野を蛇行していく。長寿の海女が洗いものをしていたというのも、岩木川のあたりだろうか……。そして岩木川は十三湖に注ぐ。十三湖はその河口を日本海と接している。かつて中世に栄えた十三湊とは、湖の河口をいうのだった。森崎は老女と別れ、五所川原の町に出た。

この先は、隣町の木造町を通りぬけて、日本海にながながと十三湖までつづいている砂丘がある。そして、その砂丘を通りぬけたところがかつての港町十三である。その砂丘は七里長浜と呼ばれている。森崎はタクシーの若い運転手にたずねる。

「七里長浜を十三むらまで行けますか」

「ああ、走れね」

「それじゃ、海岸に家はないの？」

「家？　あんなどこ。地吹雪で家もなんも吹きとんで、死んでしまうでねの」

森崎は砂丘の中を走るのはやめて、運転手にいくつかの寺と稲荷神社を案内してもらった。その後水田の中の、運転手の出身地だという車力村へと向かってもらう。七里長浜に接している村だ。沼が点在し、岩木川の支流もいくつか流れている。森崎はここで、心に響く「クレヨンを塗った地蔵」に出会うことになる。

川の堤の下や、田のなかの道の折々に、板囲いをして板屋根をつけた低い地蔵堂が建っている。その地蔵のまつり方が九州のほうとたいそう違うのだ。子どもほどの石の地蔵に赤ん坊の着物を着せ、唇にはクレヨンで紅を塗り、きれいに白く化粧をしている。供養者の心くばりが着物や頭巾（ずきん）の針目にもみられる。地蔵を子に見立てて、いつくしんでいる思いが伝わってくるのだ。

タクシーの運転手はいう。

「おらげの地蔵さんもいるよ。昔のひとは九人も十人も子を産んだけんど、育ったのは二人か三人だべ。どの家でも地蔵さまを軒下（のきした）さ、まつって子の供養をしたもんだ。そんでもよ、地蔵さまも人間と同じで、ひとりより二人、二人より三人が、なんぼおもしろくてよかべ。お参りの人も、どの地蔵さまにもお供えもんをわけてやる」

　地蔵はたくさんの仲間とともに、地蔵堂にまつられている。村の人びとは、お盆やお彼岸のおまいりをかかさないという。そして毎年七月には、新しく作った着物を着せ、化粧をするのだという。

　作家の姜信子も、森崎の旅を追ってこの村を訪れている。二〇二三年に放映された「森崎和江　終わりのない旅」の中で、お腹に子どもを抱いた地蔵を紹介している。お腹に子どもがいたまま、お産の経過が悪くて母子ともに亡くなってしまった女性の地蔵だ。

丁寧につくられた頭巾をかぶり、草花の柄の抱きひもで子を抱いている。そのたすきの赤い模様も美しい。この母子の地蔵を、森崎も見たのだろうか……

　森崎はいう。

　　女は子をはらむ。はらまれた子どもというものは、他者としてこの世にやってくる。

身の内の他者である。

いのちは、他者としてやってくる——というのを、経験的に、具体的に知っているのは、女なのだ。女は、他者との向き合い方を感覚的に知っている。

男は、知識としては知っているかもしれない。けれど、その具体を知らないから、それと立ち向かうために、観念としては、権力とか支配という観念しか、作りだせなかった。

（ＥＴＶ特集「森崎和江　終わりのない旅」）

凄まじいことばである。

この後も、森崎は十数年の時をかけて、日本各地を旅する。そして大和政権の「国造り神話」による上書きを一枚一枚、はがしていく。

岩手　北上

宗像に居を移してから、二〇年の月日が流れる。その間に娘は、かつて森崎が立ち上げた「沖縄を考える会」の青年、政彦さんと結ばれた。娘夫婦は森崎の近くに住んでいる。

また東京で暮らしていた息子夫婦も、高齢の森崎を心配して、今では二世帯住宅で暮らしてくれている。

息子も自由業。夜昼なしの生活を、息子夫婦は二階で、森崎は階下で曜日も関係なしにすごしている。時折、息子の連れ合いが通勤先の福岡市から帰った折に出会うと、尋ねてみる。

「お宅のダンナ、今夜はどちら？　沖縄？　宮崎？　それとも……」

「え～と、あれ、どこだっけ」

二人で噴きだしたりする。森崎は携帯電話で連絡し合う夫婦に見守られ、北への旅を続けている。

宗像には宗像大社がある。三つにわかれていて、森崎の家のすぐ北にあるのが辺津宮。その少し沖合の大島にあるのが、中津宮。はるか沖合の沖ノ島にあるのが、沖津宮である。

その大島に、ある人物の墓があるという。

森崎は連絡船に乗って、大島を訪ねる。一五分ほどで大島についた。島の南側にある船着場の浜に数軒の家が静かにあった。中津宮は浜の左手の小高い所にある。社殿の階段の下手の林に、清水が流れる谷があった。そこへ下って谷水に手をひたし、頭上の林を吹き渡る風を聞いた。中津宮の近くに建っているのが、安昌院。この寺に、安倍宗任の墓があるのだ。

安倍貞任（兄）・宗任（弟）は、平安時代の陸奥国の豪族。先に述べた、鎌倉時代の安東水軍の将、安藤康季の祖にあたる。その陸奥国の豪族の墓が、なぜ、この福岡の地の大島にあるのだろうか。

安倍一族は、西暦一〇〇〇年代の初めごろまで陸奥国を統治していた一族である。大和朝廷から続く歴代の中央政権は、東国に住み中央政権に組みしない人びとを「蝦夷（えみし）」と呼んで蔑視し、力づくで支配しようとしてきた。前九年の役で、安倍貞任は弟の宗任とともに戦いを続けた。だが、ついに貞任は敗死する。その首は丸太に釘で打ち付けられ、朝廷に運ばれたという。弟の宗任らは降伏し一命をとりとめ、伊予国に流された。その後少しずつ勢力をつけたために、宗像郡の大島に再配流されたという。森崎は安倍宗任の墓の前で、まつろわぬ（服従しない）者たちの地、奥州を思った。


やがて森崎は、奥州を目指す。そしてその地で、心の母国を探し続ける森崎の長旅に、確かな灯がともることとなる。それは伝統芸能の「鬼剣舞（おにけんばい）」であった。

北上川の両側の山並は緑の樹海で、森崎の心をよみがえらせてくれるようだった。ことに東の北上高地には、あの勇者の名を冠した貞任高原がある。かつて、貞任・宗任の兄弟がこの山野を駆けめぐっていたのだ。北上市の夜を、残雪が光る奥羽山脈の方角へと曲がる。やがて鬼（おに）柳（やなぎ）の町へと着いた。北上の友人に勧められて、森崎は「鬼剣舞　伝承館」を訪ねたのだ。

鬼剣舞の歴史は古く、およそ一三〇〇年前に修験道の山伏が踊った念仏踊りがはじまりとされている。白面の鬼が毛を逆立てて太刀をかざして空を切る。青・赤・黒の鬼面をつけた組踊り。いのちの祝事を寿ぐような朱色の膳の舞踏。鬼たちが囃し方の太鼓、鉦、笛の音に乗って飛躍する。脚絆をつけた草鞋ばきの両足は幾度も幾度も、大地を激しく踏みしめる。この所作は「反閇」という。修験道の独特な所作であり、大地の悪霊を踏みしずめるという意味を持つ──この「反閇」に、森崎の心は強く動かされた。

鬼剣舞の指導者は言う。

「ここの辺りの歴史からすると、みんなを正しく導いてくれる人は、優しい人じゃなくて、強い人だった」

「そういう人たちが、京都の方からすると……〈鬼〉がいると思われた」

「だけど、ここの人たちからすると、仏さまみたいにみんなを守ってくれる人なんだろうね。だから、見る側によって、かなり違う」

京都の朝廷からは、〈鬼〉といわれ、蝦夷と蔑まれた北上の人びと。森崎はこう記す。

鬼剣舞は鬼ではない。それは舞踏の勇壮さが伝えるように救済道の仏。おそらく北東北の諸地方に残る民俗芸能の多くには、非道な列島統合史へ対する、地元の地霊山霊の憤怒の声々が鬼へと象徴されていることだろう。

（『北上幻想』）

九州の鐘崎の港からはじまった森崎の旅。それは中央政権によって上書きされていない本当の日本を探す旅であった。そしてこの北上の地で、中央への反骨、抵抗の精神が千年以上の時を超えて伝承されているのをみた。

『ああ、ここが私の心のふるさとだ』と、森崎は思った。そして、

『やっと一人前の日本の女になった』とも、感じた。

この鬼剣舞との出会いを記した『北上幻想』は、二〇〇一年、森崎七四歳の時に書き上げられた。

三　いのちへ

他者との出会い

「いのちは他者としてやってくる」――というのを、森崎は津軽への旅で再確認している。

女は他者としての子どもをはらむ。身のうちの子は他者なのだと、女は経験的に具体的に知っている。他者との向き合い方を感覚的に知っているのだ。

「他者との出会い」は森崎の心の奥深くに横たわっている重いテーマである。

彼女は朝鮮での、小学校二年生の時の体験が忘れられない。あの時、片倉製糸の工場で幼い女の子と、森崎は目が合ったのだった。女の子は汚れた白いチマチョゴリを着ていた。

植民地二世である森崎の視線が女の子を捉えたのではなかった。工場の中にいる朝鮮の女の子の視線に、小学生の森崎が捕まったのだ。これは、加害者としての位置を、幼いながらもかすかに感じとった瞬間であった。小学生の森崎が、異質な人——他者を前に、裸にされた瞬間でもあった。異質な人——他者は森崎にとって、朝鮮の風土であり、彼女の世話をしてくれたオモニやネエヤでもあった。

森崎は工場の女の子を見たのではなく、見られたと「逆転」の中で感じとった。森崎の平常心は揺り動かされ、その不安、恐怖は彼女を植民者の位置から引きずりおろしていく。そして次第に、被植民者化していく。

それは、他者との出会いの重苦しさだけではなく、自身が裸となって変化していき、相互の異質を媒介として結びあう道を開くものであった。森崎には、女の子の表情に応答しようとする感受性があった。そしてこの異種混淆の感受性は、他の異質な人——炭坑の女たち、からゆきさん、海女などへと、森崎を向かわせる力、接触する力になっていったのではないだろうか。

この森崎の感受性は、少数民族問題について考えていたという父の影響があった。よく父は「僕は少数民族の問題について考えているんだ。和江は知っているかい」といっていた。そして父の夢は、少数民族を考える塾を作りたい、というものだった。

また森崎自身、クラスになじめない東北から来た少女が気がかりで、「肩を抱きよせたくなった」と、小学校時代のクラスを振りかえって記している。

そして森崎には、小学校時代のもうひとつの忘れられない体験があった。


やわらかな陽射しの午後だった。小学校からさして遠くない友人の家に寄り道をした。遠くを朱色のきものを着た人たちが、編笠をかぶってぞろぞろと行く。朱色のきものは色褪せていた。腰に縄をつけられ、両手を後ろ手にしばられ、みんなつながれて行く。藁ぞうりだ。

「あの人たち、何?」

「囚人よ」

「囚人って?」

「どろぼうした人。朝鮮人よ、みんな。そこ刑務所だもの」

その後囚人たちの畠を知った。鍬（くわ）をもって働いていた。縄は打たれていない。各自鍬を振って四方に散っていた。

（『慶州は母の呼び声』）

森崎が暮らしていた町の大邱刑務所には、思想犯もいたはずであった。森崎の心には、その苛酷さが強い印象として残った。はじめて自身と日本の加害性を、はっきりと意識した体験であった。

朝鮮には「春窮（しゅんきゅう）」ということばがある。春先に食べるものがすっかりなくなることで、正月を過ぎた頃から貯えていた物も乏しくなる。畠にはまだ芽を出す野菜もなく、野に摘む野草も見当たらず、耐えしのぶ日が続いたのだ。このことばの意味をはじめて知った時も、森崎は自分自身の体が変型してしまうようなつらい感覚を味わった。

日本でも同じようなことはあったが、植民地となった朝鮮では、それは一層深刻であった。なぜなら、入り込んで来た日本人がありあまるほど買い、貯え、また値をつりあげては売ったからである。

森崎はそんな構造的な日本の加害性に免罪符を与えなかった。むしろ自身が知ろうとしなかったことまでも、批判していく。そして異質な「朝鮮」の前で、裸になり変容していくことで、森崎は「他者」に向かって開かれていくのだった。

生む／生まれる

森崎のいのちをめぐる思索のスタートは、あの二〇代の頃の不思議な体験であった。妊娠をした時に、突然「わたし」という一人称が使えなくなってしまった体験だ。それから幾度となく、この問題を森崎は考えてきた。

ある時、森崎は朝鮮語辞典で一つの言葉を発見する。それは「産む」を意味する朝鮮語「ナッスムニダ」である。この言葉は、「生みました」という他動詞と、「生まれました」という自動詞という二つの意味を持っているのだった。この時森崎は驚いて、床の中で声をあげている。

私はナッスムニダといいながら、涙がじわじわ湧いて止まらなくなった。あったわ、こんな近くに。自動詞でもなく他動詞でもなく、自動詞でもあり他動詞でもあるあの両義性。生む／生まれる、あの身ふたつになる働きの総体的表現。

（『ふるさと幻想』）

森崎は、身ふたつになった頃のうれしさを、親しい人びとに告げる時「子供が生まれたのよ」といい、「子供を生んだのよ」とは言わなかった。そのもっと前から、「子供が生みたい」と体がささやき、「子供があたしから生まれる」と心に教えかけていた。「生みたい」と「生まれる」

が森崎のなかで少しずつ近づき、やがて「生む」と「生まれる」の実体が森崎のうえで燃える火のように一つになったのだ。

人間という「種族の持続の経験」と、「完全な他者が生まれること」が共存可能な言葉を、森崎は朝鮮語に見出したのだった。森崎が「女性」の内的分裂を克服した瞬間であった。

そしてまた、森崎がずっと疑問に思ってきたことがある。

なぜ死は思想や哲学や宗教の対象となるのに、産むことは思考の対象として考えられてこなかったのだろうか。日本ではことに男にとって、死は、名誉と結びついてきた。それに対し、子産みは女の生理にすぎず自然なものとして、ずっと下級なレベルのことだと、思考の世界から分離されてきた。

だが森崎は、死がふくむ闇よりも、誕生以前の千年にわたる闇の深さにこそ心ひかれた。いのちの連なりは、生まれて産んで死んで生まれて産んで……と〈産〉を介していくのだ。

ふつう私たちは、生まれて死ぬという、せいぜい百年のスケールで生命をとらえるが、森崎はそうした自己完結的で一代主義的な生命観を内破し、千年先の生命を見据えた文化を耕そうとしていく。

森崎はこう記している。

ひとりひとりの生涯はおわっても、人びとが生きていてくれること。そのことへの信頼が、個体の死をどれほどあたためていることか、はかりしれないと私は思っているのです。

（『大人の童話・死の話』）

ここにある生への「信頼」とはどういうことだろうか。連なるいのちへの信頼は、自己完結的な生命観に回収されない、生命連鎖のなかにある個の感覚を伴う。言い換えれば、死は生の終わりではなく未来の生命の母胎となり、生はそうした死の堆積の上にある、という森崎の認識がにじんでいる言葉なのである。

「いのちの木の方へ」

森崎は「いのち」という言葉を冠した著書を、約八冊書いている。そして「北へ」の旅も終わろうとする頃、森崎にとって最後のラジオドラマの脚本を書いている。一九九八年に出版された『地球の祈り』である。ここではその中の一本である「いのちの木の方へ」を見ていきたい。

森崎の著作は、難解でしかも「体系」を目指してはいない。「体系」とは、一代主義の男の論理だとして、森崎はあくまでも「具象」にこだわってきた。だが、ラジオドラマの脚本の中では、森崎のこれまでの思索の跡が、非常にわかりやすい形でセリフとなってあらわれている。ここでは、森崎は六〇代の女として登場する。そして、キャリア・ウーマンである四〇代の女と、新聞記者である三〇代の男との間で、「いのち」をめぐる会話がくりひろげられる。六〇代の女（森崎）の言葉を見ていこう。


わたしは、植民地から敗戦直前に日本に留学していた植民二世でした。

子を産みながら自分も生まれかわりたいと願いました。他民族を苦しめることなど、けっしてない日本人に。

おやたちの足を凍った海峡に捨てよ、とつぶやき、今日までのわたしも共に焼きほろぼされたいと祈ったの。

人間だけの地球ではないはずよ、とも思いました。

おおきな樹木がちらちらしたわ。ゆれる林。原始の森。

わたしの生まれていない遠い山河。振りこぼす木の実。

会いたい、いのちの木に。


新羅の都で育ちました。

ポプラの大きな木。群雀が夕ぐれ、海鳴りのようだった。

木の幹に頬を寄せるとどくどくとひびいていたの、木のいのちが。

わたしを養ってくれたそれらの匂いや音。


そんなわたしは、夫と二人でいのちが産みたかった。

「家」のためでも、「国」のためでもなく、生まれてくるいのち自身のために産みたかった。

きっと、いのちのあるべき姿へと、わたしのぜんぶを作り変えたかったのだと思います。


昔、わたしが子を産みながら願ったのは、わが子の誕生だけではなかったの。

わたしは産みながら、大きな木が種子を降りこぼすのを見ていた。

わたしらが生きてきたひび割れた地面の上に。


あれから四十年……。

わたしは祖国の地面の下をのぞきこんで生きました。

ひび割れた地面の下に探したの、わたしの好きな日本を。

石炭を掘っていた男や女。

海に潜ってアワビやサザエを採る海女たち。


三〇代の新聞記者は言う。「ぼくが知った子どもの世界は底が知れぬほど荒れています。夢が持てない。現実は重すぎて。社会は大人のエゴイズムに満ちています。」

四〇代の女は言う。「私は先日、地球考古学のビデオを見たんです。人類はもとより、人類が選びぬいた生物はみな人工衛星に移住して何世紀も経っている未来社会から、地球へ学者がやってくるの。生物がいた時代の地球を調査しに。未来の考古学者たちが。人工衛星の中は地球より快適なの。私は時々、ふっと空しくなるんです。」

そこに、未来からの若い女の声がはいる。「早かれ遅かれ滅亡するわ、わたしらは。」

地球は経済活動優先の環境破壊で瀕死の状態だ。やがて私たち人間も、滅亡していくのだろうか。それに対して、六〇代の女(森崎)は語る。


それでもわたしは旅に出る。

影うすい地球の上を、人恋しい尾を曳いて。

海辺を洗っている潮の時間の中へ。

山の木が息たえだえに吐いている、自然の循環の中へ。

舞台は白神山系のブナの原生林へと移る。かつてこの山地を横切る林道が計画されたが、林業で働く男たちや、地元住民の九年にわたる粘り強い反対運動でなんとか止めることができた。男は言う。

あれだけは未来の子どもたちへ残せることになりました。くりかえしあの峯にわけ入るでしょう、千年先、二千年先の人びとも。心を洗いに。この列島に人間が生きていればの話ですが。

巨木が倒れて光が射し、倒木の崩れた幹にも種子がこぼれ、朽ち果てた幹に幼い木がしっかりと根を張って育ちます。

そして、森崎はこう語る。

たとえ地球がほろびようとも、千年先二千年先のいのちへ心がとどくような生き方がしたい。

そんな思いの象徴のように、あの山の木が生きていてくれることは救いです。

森崎はこの脚本にあるように、石炭を掘る男女や海女の暮らしをみてきた。それは地球破壊をもたらしている「近代」ではなく、単に昔を懐かしんでいるかのようにもみえる。だがそれは、百年きざみの一代主義的な「近代的思考体系」を乗り越えて、千年サイクルの生命連鎖の感性を取りもどそうとする、森崎の思想的な試みなのであった。

そして森崎は「産む」ということを、「大きな木が種子を降りこぼす」こと、その樹木の生命の連鎖の中にみてとっている。

私たちは、生まれて産んで死んで生まれて産んで……という、千年スケールの生命連鎖の中にあるのだ。死は生の終わりではなく未来の生命の母胎となり、生はそうした死の堆積の上にあるのだ。

ひとりひとりの生涯はおわっても、人びとが生きていてくれること。あの山の木が生きていてくれること。——それは、救いでもあり、祈りでもあるのだ。

二〇代の頃、はじめての妊娠で感じたいのちをめぐる不思議を、生涯にわたって抱え続けた森崎。「いのち」という私とは違う他者を生む。新しい「いのち」が生まれる。——この両義性を粘り強く感得していった森崎。そして植民二世としての原罪意識や、『無名通信』の同人の強姦死と、被害女性の兄の自死に対する無力感から目を背けなかった森崎。なによりも、弟の自死を考え続けた森崎。

いのちについて考え通した森崎の「産の思想」の強靱さが、この脚本の中で、「六〇代の女」の言葉として、あらわれているのだ。

孫との対話

五歳児の孫のつぶやきが、森崎の中でこだまし続けて消えない。

「あのね、今、地球は病気だよ。知ってる?」

「……幼稚園の先生がお話ししてくださったの?」

「ちがうよ。ああ、あそこ、また木を伐ってしまった。どうしてかなあ……。あのね、木はタンサンガスを吸ってサンソを出しているの。空気をきれいにしているの。どうして伐ってしまうのかなあ。動物が困るのに……」

宅地造成中の丘陵のそばを二人で歩いていた時の、五歳児のつぶやきであった。その頃、彼は、地球に興味を持っていた。しきりに地球とか天体とか星とかの幼児向けの本を、図書館から借りていたのだ。

彼はあたりを見まわして、自分自身へ言いきかせるように、さらにつぶやいた。

「あそこにまだ木が残っているから大丈夫だ……」

森崎は怖れを覚え、気づかぬふりをしてしまう。さらに根源的な問いは、孫が三歳の時に発せられていた。

「人間はいつほろびるの」

彼は動物の絵本を見て、ドードーという鳥のことを知ったのだった。

「どうしてドードーはほろびたの。ほろびるって、なに？　ほろびたって、うそよね。お話だね。にんげんもほろびるの？　こんど、ほろびるのはなに？」

幼い者にとって、地球は認識しがたいほどの大きさである。そして、それを生かしている大自然――大人だって、そんなもの認識しがたい。大人たちが意識しているのは、せいぜい地球上の国家群と地球上の資源である。つまり人間たちの「世界」だけである。

だが森崎は、幼い孫に対して人間以外の「他者」を、考える力を持ってほしいと願う。

「人間はいつほろびるの」――この問いを発する孫を、森崎はくりかえし戸外へつれだす。

そして語りかける。

「あのね、人間たちが獲り過ぎてほろびた鳥さんもたくさんいるけど、人間はほろびないの。悪かった、と思う心と、考える力があるんだもの、ほろびないのよ。

地球も病気になったり、元気になったりするの。地球の薬って何か知ってる？」

「何？　地球のお薬ってある？」

「もちろん。それはね、畠だよ」

「幼稚園にもあるよ。トマトとカボチャと植えた」

「畠はね、山にもあるの。川にも、海にも、そしてね、人間の心にも畠があるの。でもね、耕さないと地球の薬にはならないの。一緒に耕そうね」

そして森崎は軍手をし、スコップを持ち、彼は本を一冊と大好きなアヒルのぬいぐるみを抱いて、畠へとでかける。

耕すことの困難さこそ、人類未到の分野である。飢えは殺し合いをうむ。が、若者の成長は早い。森崎は願った。

「幼い体にひびいていいたいのちの声の往来を握りしめて、どうぞ異質の他者の声々を、排除することなく、受けとめて語り合える大人へと旅を重ねていってほしい」

また孫を見ていると、森崎は自身の幼い頃を思い出す。

「おじいさんは山へ芝刈りに、おばあさんは川へ洗濯に」というお話を聞いても、どうしても、朝鮮服を着た朝鮮のおじいさんとおばあさんしか頭に思いうかばなかった。

そして「羽衣」という民話がある。「天女がうっとりと見上げる空へ舞いました」と聞いて、子どもたちは天空のシーンを思い描く。しかしそれは、「ジャックと豆の木」の民話が描く天空とは異なっているのだろう。

それぞれの民族内の家庭で、幾代もの子どもたちが心に描いた、民族固有の色調に染まっている天空。

だが、「羽衣」の空も「ジャック」の空も、いま私たちの頭の上のこの「空」が、そこに在って、光っているという信頼に基づいていたのではないだろうか。私たちは、その「空」の朝昼夕の変化を楽しむとともに、その美しさを永世のものと感じていたのだ。

異なった民族、異なった暮らしの中で、共にこの「空」を感じあってきたのだ。

生きるということは、動きやまない時代の中で異なった原体験と世界観を抱きながら、それでも同じ「空」の下、自分を生かし「相手をも生かそう」とする営みではないか、と森崎は思う。

けれども、生かし合うことはたいへんむずかしい。いつも弱者が姿を消す……。

今日も森崎は、宗像の空の下、畠へとでかける。それは、「他者」と「いのち」を考え続けた森崎の、千年先の「いのち」への祈りの姿であった。

そして森崎は気づく。
自身が問い続けてきたことの全てが、〝いのちへの旅〟であったことに……

終章

『語りべの海』

七〇代後半、森崎はかつて訪ねた宗像の七浦(ななうら)をふたたび訪ね直すようになる。森崎は足も眼も弱ってきて、日本全国の旅には出かけられなくなっていた。

宗像七浦とは、鐘崎から西へ地島、大島を含む福間までの七つの浦をいう。

二〇〇六年、森崎七九歳の時に出版された『語りべの海』は、「海の畑」という詩ではじまっている。その一部である。

玄界灘の沖ノ島
歴史をつむぐ宗像女神
お言わずさん
と　七浦の漁民が伝える三女神
あの日の海女唄しのびつつ
老いゆくわたしは歩きます
白島の小石の渚に仮かまど

鐘崎海女漁の基地でした
いまは石油の備蓄基地
海水面の上昇は日々刻々とすすみます

白島（しらしま）は響灘の沖合に浮かぶ海女漁の基地であった。今は海上に日本有数の石油備蓄基地ができている。森崎は人びとの暮らしの変化と、地球の病む姿を重ね合わせ、漁村を訪ねていく。だが、朝は両腕両脚の痛みをともなう目覚めである。また緑内障の森崎は、サングラスなしには外光の中を歩けない。

息子の泉の車で出かける。森崎が気遣うと彼は笑う。そして、こう言うのだ。

「海は逃げないよ、ゆっくりしてなさい」

そして森崎は車を出て、軒下で話している腰をかがめた老女三人に、尋ねる。

「この近くに漁港はありませんか」

老女の一人が答える。

「うちは漁師しよったとよ。あんた、よう来たね、一緒に行こう。もう、漁師はおらん。ほとんどおらん」

編まれた本

『語りべの海』は、森崎の最後の単行本となった。だが、雑誌などへは執筆を続けている。

森崎はいう。「歩かねば見えてこないものがある。だからこそ、旅へ出る。旅で果てたや、と願う」――しかし、息子が心配してくれる時も増え、「今や、自粛こそ人の道の年齢」と自戒し、自分の部屋に籠もるようになった。そして、思索し執筆する時間を続けた。

森崎はその生涯で、単行本だけでもゆうに七〇冊を超える本を書いている。森崎の思索は、世界と自分を串刺しにする。世界を問うと同時に、常に自分を問い続けるのだ。そこに、多くの読者が惹きつけられるのではないだろうか。

そしてこの後、森崎の作品を独自の視点に基づいて編集しまとめあげた本が、何冊か出版される。

『草の上の舞踏――日本と朝鮮半島の間(はざま)に生きて』は、二〇〇七年に出版された。これは『二つのことば　二つのこころ』と、『こだまひびく山河のなかへ』の二冊の本がもとになっている。この中で朝鮮半島で育った罪の思いを超えるべく自己を問い続ける森崎と、在日の人びととの交流などが描かれている。最後に掲載されている作品は、「椿咲く島」である。

この文章は、金泉高等女学校のクラスメート金任順(キムイムスン)との四〇年ぶりの再会とその後の交流を

かつての級友金任順さんと。1998年12月、福岡県女性センターアミカス

描いている。対立している民族の根っこは別々でも、思春期をともにし、愛憎と原罪を感じ合う切迫した感情は同じであった。金任順は一九五〇年の朝鮮動乱のさなか、避難していった巨済島（コジェド）で、戦災孤児を自分の子どもと一緒に育てた。やがて愛光園という知的障害者の居住施設をつくり、その活動を続けている。巨済島は椿で有名な島だ。

森崎は彼女の活動を、『愛することは待つことよ』という本にまとめ出版した。そしてその印税を、愛光園に寄付した。「積年の重荷をわずかに果たす」と、森崎は記している。

『森崎和江コレクション　精神史の旅』全五巻は、二〇〇八年に発刊された。森崎の全著作――単行本、雑誌などへの掲載、ラジオドラマの台本など全てから精選した上で、五つのテーマに沿って彼女の文章をまとめあげている。「産土（うぶすな）」「地熱」「海峡」「漂泊」「回帰」の五巻である。そして巻末には、森崎と関係の深い人物による解説がついている。

第三巻の解説は、ノンフィクション作家の梯（かけはし）久美子である。梯はノンフィクションを書く時、対象と適度な距離をとってきた。客観的な目を失ってはいけないとの考えからだ。だが、森崎の著作を読んで、彼女はこう記している。

書き手の人生そのものが紡ぎ出した、取り替えのきかない言葉がそこにはありました。ノンフィクションも評論も、息がかかるような距離で対象と切り結び、包み込み、ともに生きる中から生まれた表現に満ちていました。

寄せては返す波のように、揺らいではうねる感覚的な文章の奥に、強靭な論理性がひそんでいましたが、それは、社会を外から見て分析するのではなく、生身の人間とそこから生じる事象を、何とか理解しようと格闘した末に生まれたもののように思えました。

『いのちの自然――十年百年の個体から千年サイクルへ』は、二〇一四年に出版されている。副題にあわせた森崎のエッセイや、書き下ろしエッセイ、未公刊詩篇が収録されている。書き下ろしエッセイは「石炭について学んだことなど」という題で、二〇一三年森崎八六歳の時の文章である。また二〇一一年の東日本大震災のおりには、「天災・人災の彼方へ」という文章を書いている。

今回の大地震は夥しい数の犠牲者、被害者を出しました。また海水も農作物も汚染して農漁業者の生活にも影を落としています。が、これを期に発想の転換が地球温暖化等と共に、新たな人脈を発生させることでしょう。

中島岳志との対話

森崎は生涯で多くの人と対談をしている。二〇一〇年には、日本思想史を研究している中島岳志と三日間の対談をした。この対談は『日本断層論』としてまとめられ、翌年に出版されている。

その「あとがき」で森崎は、孫世代の中島と対談し、生誕以来の個人史を聞いてもらえたことは有難かったと述べている。その中の言葉である。

生誕地の天地風土をむさぼり愛した原罪を、可能なかぎり心身から剥ぎ捨てたいと、私は全く知らなかった「方言の世界」で働き暮らす方々に会いつづけて来ました。その方々の呼吸を身に浴びることで生き直したいと、列島を南へ北へと歩きました。

一方、中島は森崎の歩みを問うことによって、自分と対峙してみたいと思っていた。そして、「はじめに」で中島はこう記している。

夏の暑い日、福岡県宗像市の海岸沿いにある国民宿舎に泊まり込んで、私は森崎と向きあった。彼女はそんな私をやさしく迎え、言葉を振り絞ってくれた。

驚いたのは、森崎がまだ自分を問い続けていることだ。八〇歳を超えても自己と向き合い続け、表現をやめようとしない。その精神に私は圧倒された。

対談の最後で、森崎は自分の夢を語っている。

「女は自然、男は文化だ」と、ずっと日本では言われてきた。孕(はら)むことも産むことも、動物的な自然だと考えられてきた。だが、女はただ黙って家畜のように孕み産んできたわけではない。この固定観念を変えることが夢だったと。これは、一〇代の後半に男子学生につぶやいた言葉と響きあっている。

「あたし、女とは何かを知らせる。社会へ、それを知らせるために生きてる……」

――森崎は男性が築きあげてきた思想や概念ではなく、百年サイクルの「近代」を超えて、千年サイクルの女の歴史、「産といのちの思想」を紡ぎだしつつあるのだ。

そして……

上野千鶴子は、女性学のパイオニアとして活躍してきた。女とは何か、日本とは何か、を考えるとき、森崎の格闘したことばの数々が、上野の前にあった。日本のウーマン・リブ以前に、森崎という女性がいて、たったひとりで徒手空拳の格闘をしてくれていたことを知って、どんなに励まされたことか、と上野は振り返っている。

思想の多くは――すべてがそうだとは言えないが――「死ぬための思想」だった、と上野はいう。それは「男仕立ての思想」ともいえると。わたしたちは、生き延びるためにこそ、言葉と思想を必要としているのだ。そして、女の思想は「生き延びるための思想」ではないか、と上野は考える。

上野が東京大学を退官する時の最終講義は、「生き延びるための思想」と題しておこなわれた。そして上野のことばの背後には、森崎の声が残響していると彼女は述べている。講義の最後はこう締めくくられた。

わたしはわたしの前を歩いた女たちから、その言葉と思想を受け取ってきました。わたしの前の女たちから受け取ってきたものを、みなさんがたにお渡しすべき時期がわたしにもまいりました。（中略）バトンというのは受け取ってくれる人がいなければ、そこに落ちてしまいます。わたしは前の女たちから受け取ったものを、みなさんがたにこうやって受け渡したいと思います。

同じ歌を、違う声で、何度でも、いつまでも歌い継がなければならない。なぜなら、わたしは、わたしたちは、たしかに受け取ったのだから――と、上野はこう添えている。

そして、『現代思想』の「総特集　森崎和江」の中で、上野は森崎の晩年について書いている。

晩年、森崎さんは施設に入って過ごされた。認知症だったという。

あれほどのひとが、とことばを失った。息子さんからのお手紙にこうあった。

「母はいま、森崎和江からも降りて、おだやかに過ごしております」

この文章は「わたしたちはあなたを忘れない」と題して、掲載された。そして最後はこう結ばれている。

森崎さん、あなたが日本の近代思想史に残した巨きな足跡をわたしたちは覚えている。たとえそれを男たちが「思想」と呼ばなくても、それはたしかに女ことばで紡がれた自前の思想なのだ。

森崎さん、あなたがわたしたちの前を歩いてくれていて、ほんとうにありがとう。

わたしは、わたしたちは、あなたを忘れない。

二〇二四年の秋、私は一通の手紙を受け取った。福岡で進学塾の講師をされているというKさんからだった。Kさんはあの「おばあちゃん、地球は病気だよ」と語った、森崎和江の孫であった。娘の恵さんの長男である。彼は大学で朝鮮史学を専攻したという。

私が大学で朝鮮史学の専攻を選んだ時、祖母は本当に嬉しそうな様子でした。私がこの専攻を選んだのは、祖母の仕事がら韓国の方や文化に触れる機会が多く、知らず知らずのうちに影響を受けていたのだと思います。

研究室にはどんな人がいるとか、どんなことを学んでいるとか、そういう話を聞きたがって、話すとまた嬉しそうにしていたものでした。

私には森崎の嬉しそうな姿が目に浮かぶ。私にも幼い孫がいる。そして、私には大きな樹木が見える。その木にはたくさんの実がなっている。やがて大きな木は、たくさんの種子を降りこぼしていくのだ。

森崎の種子は確かに、Kさんに受け継がれた。そしてたくさんの種子は、多くの人の足もとへと届いているのだ。

Kさんの手紙は、こう結ばれていた。

私にとっての「森崎和江」は、物心ついてから祖母が他界するまで、ほかでもなく、「いつでも優しくて、少し怖がりで、チャーミングな、大好きなおばあちゃん」そのものでした。

祖母が亡くなったのは、紫陽花(あじさい)が静かに花咲く頃。以来、私は紫陽花の季節になると祖母のことを思いだします。

おわりに

私はこれまで、女の評伝を書いてきた――。

『管野須賀子』『九津見房子』『伊藤野枝』である。

なぜだか、女に惹かれるのだ。

それは、千年前からの女たちの叫びが、私の体の中で響いているのだ。

森崎和江の人生と思索を辿ってきて、わかったことがある。男がつくった権力社会（天皇制）から、最も遠いところにいるのが、女なのだ。

権力社会を撃とうとして、管野は大逆罪で絞首刑となった。九津見は治安維持法で獄につながれた。そして伊藤は憲兵隊によって虐殺された。

そして歴史はずっと男の歴史であった。男がつくってきた言葉や思想では、女はあらわせられないのだ。

私も、千年にわたる女たちの孤独のただ中にいたのだ――そしてこれからも私は、森崎と共に、男たちがつくってきた権力社会を撃っていきたい。

二〇二四年一二月

堀　和恵

参考文献

第一章

(1)『森崎和江コレクション 精神史の旅 全5巻 1産土・2地熱・3海峡・4漂泊・5回帰』森崎和江 藤原書店 二〇〇八〜二〇〇九
(2)「森崎和江自撰年譜」『森崎和江コレクション 精神史の旅5回帰』森崎和江 藤原書店 二〇〇九
(3)『現代思想 総特集 森崎和江』青土社 二〇二二年一一月号
(4)『脈 特集 森崎和江の歩み』脈発行所 二〇一六年一一月
(5)『森崎和江』内田聖子 言視舎 二〇一五
(6)『ははのくにとの幻想婚』森崎和江 現代思潮社 一九七〇
(7)『第三の性』森崎和江 河出書房新社 二〇一七(三一書房 一九六五)
(8)『サークル村の磁場――上野英信・谷川雁・森崎和江』新木安利 海鳥社 二〇一一
(9)『非所有の所有――性と階級覚え書』森崎和江 現代思潮社 一九七〇
(10)『異族の原基』森崎和江 大和書房 一九七一
(11)『匪賊の笛』森崎和江 葦書房 一九七四
(12)『母音』復刻版 福岡県詩人会編 創言社 一九九三
(13)『谷川雁――永久工作者の言霊』松本輝夫 平凡社 二〇一四
(14)『谷川健一と谷川雁』前田速夫 冨山房インターナショナル 二〇二二
(15)『谷川雁のめがね』内田聖子 風濤社 一九九八
(16)『産小屋日記』森崎和江 三一書房 一九七九
(17)『キジバトの記』上野晴子 裏山書房 一九九八
(18)『追われゆく坑夫たち』上野英信 岩波新書 一九六〇
(19)『上野英信の肖像』岡友幸編 海鳥社 一九八九

(20)『闘いとエロス』 森崎和江 月曜社 二〇二二(三一書房 一九七〇)
(21)『『サークル村』と森崎和江――交流と連帯のヴィジョン』 水溜真由美 ナカニシヤ出版 二〇一三
(22)『無名通信』 ウィメンズ・アクション・ネットワーク（WAN）より https://wan.or.jp/dwan/search?keyword=%E7%84%A1%E5%90%8D%E9%80%9A%E4%BF%A1&x=22&y=10&dantai_name=&pref_id=0&minicomi_name=&start_year=0&end_year=0#gsc.tab=0
(23)『まっくら』 森崎和江 岩波文庫 二〇二一（理論社 一九六一）
(24)『奈落の神々――炭坑労働精神史』 森崎和江 平凡社 一九九六（大和書房 一九七三）
(25) 森崎和江・上野千鶴子の対談「見果てぬ夢――対幻想をめぐって」『ニュー・フェミニズム・レビュー①』 上野千鶴子編 学陽書房 一九九〇

第二章

(1)『筑豊炭坑絵巻 新装改訂版』 山本作兵衛 海鳥社 二〇一一（葦書房 一九七三）
(2)『ミシンの引き出し』 森崎和江 大和書房 一九八〇
(3)『旅とサンダル』 森崎和江 花曜社 一九八一
(4)『地球の祈り』 森崎和江 深夜叢書社 一九九八
(5) ドラマ『海鳴り』 NHK―FM 脚本 森崎和江 一九七八年一〇月一四日放送
(6)『慶州は母の呼び声――わが原郷』 森崎和江 新潮社 一九八四
(7)『からゆきさん』 森崎和江 朝日文庫 二〇二二（朝日新聞社 一九七六）
(8)『北上幻想――いのちの母国をさがす旅』 森崎和江 岩波書店 二〇〇一
(9)『産小屋日記』 森崎和江 三一書房 一九七九
(10)『ドキュメント日本人 5巻 棄民』 谷川健一編 學藝書林 一九六九
(11)『サンダカン八番娼館――底辺女性史序章』 山崎朋子 筑摩書房 一九七二
(12)『サンダカンまで――わたしの生きた道』 山崎朋子 朝日新聞社 二〇〇一
(13)『アジア女性交流史研究 全十八号』 山崎朋子・上笙一郎編 港の人 二〇〇四
(14)「からゆきさんが抱いた世界」 森崎和江 『現代の眼』 現代評論社 一九七四年六月号
(15)『「からゆきさん」――海外〈出稼ぎ〉女性の近代』

嶽本新奈　共栄書房　二〇一五
(16)「流民のアジア体験と『ふるさと』という『幻想』」大畑凜　二〇一八　大阪公立大学　学術情報リポジトリ　https://doi.org/10.24729/00004816
(17)「日本民衆史の地平に――流民と常民を追って」色川大吉・森崎和江　『潮』一九九号　潮出版社　一九七六年一月号
(18)「もうひとつの移民論――移民史への視角」上野英信・森崎和江　『歴史公論』5巻1号　一九七八年一月　雄山閣出版
(19)『増補　無縁・公界・楽――日本中世の自由と平和』網野善彦　平凡社　一九九六（一九七八）

第三章

(1)『魂ッコの旅』森崎和江・野添憲治　秋田書房　一九七九
(2)『出稼ぎ――少年伐採夫の記録』野添憲治　三省堂新書　一九六八
(3)『海路残照』森崎和江　朝日新聞社　一九八一
(4)ＮＨＫ　ＥＴＶ特集「森崎和江　終わりのない旅」中島岳志・姜信子　二〇二三年一二月一六日放送
(5)『古事記』次田真幸全訳注　講談社学術文庫　一九八〇
(6)『日本書紀　全現代語訳』宇治谷孟　講談社学術文庫　一九八六
(7)『いのちへの旅――韓国・沖縄・宗像』森崎和江　岩波書店　二〇〇四
(8)『ふるさと幻想』森崎和江　大和書房　一九七七
(9)『語りべの海』森崎和江　岩波書店　二〇〇六
(10)『クレヨンを塗った地蔵』森崎和江　角川書店　一九八二
(11)「個に投映されたニホンの自己否定を」森崎和江　『思想の科学』思想の科学社　一九七〇年四月号
(12)『慶州は母の呼び声――わが原郷』森崎和江　新潮社　一九八四
(13)「人質の思想――森崎和江における筑豊時代と「自由」をめぐって」大畑凜　『社会思想史研究』第四四号　藤原書店　二〇二〇
(14)「森崎和江の〈原罪を葬る旅〉」玄武岩　『同時代史研究』第一一号　日本経済評論社　二〇一八
(15)『いのちを産む』森崎和江　弘文堂　一九九四
(16)『いのち、響きあう』森崎和江　藤原書店　一九九八
(17)『大人の童話・死の話』森崎和江　弘文堂　一九

八九
(18)『いのちへの手紙』 森崎和江 御茶の水書房 二〇〇〇
(19)『いのちの素顔』 森崎和江 岩波書店 一九九四
(20)『見知らぬわたし――老いて出会う、いのち』 森崎和江 東方出版 二〇〇一
(21)『いのちの母国探し』 森崎和江 風濤社 二〇〇一

終章

(1)『草の上の舞踏――日本と朝鮮半島の間に生きて』 森崎和江 藤原書店 二〇〇七
(2)『二つのことば 二つのこころ』 森崎和江 筑摩書房 一九九五
(3)『こだまひびく山河の中へ――韓国紀行八五年春』 森崎和江 朝日新聞社 一九八六
(4)『愛することは待つことよ――二十一世紀へのメッセージ』 森崎和江 藤原書店 一九九九
(5)『いのちの自然――十年百年の個体から千年のサイクルへ』 森崎和江 やまかわうみ別冊 アーツアンドクラフツ 二〇一四
(6)『日本断層論――社会の矛盾を生きるために』 森崎和江・中島岳志 NHK出版 二〇一一
(7)『生き延びるための思想 新版』 上野千鶴子 岩波書店 二〇一二(二〇〇六)

森崎和江略年譜

（本文に登場する出来事を中心に）

年	年齢	森崎和江関連事項
一九二七（昭和二）年	0歳	四月二〇日、森崎庫次（当時三〇歳）・愛子（同二一歳）の長女として朝鮮慶尚北道三笠町で生まれる。
一九三〇（昭和五）年	3歳	一月二日、妹節子誕生。
一九三二（昭和七）年	5歳	三月三一日、弟健一誕生。
一九三四（昭和九）年	7歳	四月、内地人のために設立された大邱府立鳳山小学校入学。
一九三八（昭和一三）年	11歳	四月、父庫次が慶州中学校（朝鮮人日本人共学）の初代校長に任命され、慶尚北道慶州邑に転居。慶州公立小学校五年に編入。
一九四〇（昭和一五）年	13歳	四月、大邱高等女学校入学。母が胃がんと診断される。
一九四一（昭和一六）年	14歳	折りにふれて詩を書く。父は朝鮮人の反日意識と憲兵の両方から追い詰められる。
一九四二（昭和一七）年	15歳	四月、妹節子が大邱高女に入学、共に下宿。

一九四三(昭和一八)年	16歳	四月二日、母愛子逝去。父が金泉中学校長へと転任。妹とともに金泉高等女学校に転入する。この冬より、父が私服憲兵に連行されることが日常化する。
一九四四(昭和一九)年	17歳	二月、朝鮮海峡を渡り下関へ。福岡県立女子専門学校(現・福岡女子大)を受験、保健科に入学。後期より九州飛行機株式会社へ学徒動員。部具製図室へ配属される。
一九四五(昭和二〇)年	18歳	六月一九日、福岡空襲。女専焼失。九月、家族が博多港に引き揚げ、父の実家に身を寄せる。父は三潴郡浮島の人びとから村長を依頼されるも固辞し、久留米市梅満町へと転居。九月より、女専が仮校舎で再開する。
一九四六(昭和二一)年	19歳	九州大学図書館に通い、朝鮮総督府関連資料を調査。九大短歌研究会にも参加。
一九四七(昭和二二)年	20歳	三月、福岡女専卒業。四月、久留米市三井町に転居。二年前から続く体調不良・微熱が悪化し、六月より佐賀県中原療養所に入所。ベッドで詩を書く。
一九四八(昭和二三)年	21歳	九州アララギ会誌『にぎたま』に短歌発表。『アララギ』五月号にエッセイを書く。
一九四九(昭和二四)年	22歳	一時帰宅を許され、バスの窓から「母音詩話会」を知る。数ヶ月後退所し、丸山豊医師に詩を見せ、同人に参加。
一九五一(昭和二六)年	24歳	『母音』詩話会で筑後川へ。「地球の曲線が見えるよ」と丸山。

一九五二（昭和二七）年	25歳	三月、丸山豊・せき子夫妻の媒酌で松石始と結婚。一〇月二日、同年初夏に入院していた父庫次がすい臓がんで逝去（五六歳）。妹節子は久留米市内幼稚園勤務。弟健一は早稲田大学政治経済学部二年に在学していた。
一九五三（昭和二八）年	26歳	三月二〇日、長女恵を夫と共にラマーズ法で出産。四月末、弟健一が訪ねてくるが、その直後の五月二二日、栃木県のとある教会の森で自死（二一歳二ヶ月）。
一九五四（昭和二九）年	27歳	一〇月末、谷川雁が『母音』を持参して訪ねてくる。「弟の仇を共に討とう」と長女を眠らせている枕元に正座したまま動かず。この頃、綾さんと出会う。
一九五五（昭和三〇）年	28歳	『母音』に谷川雁「森崎和江への手紙」森崎和江「谷川雁への返信」掲載。
一九五六（昭和三一）年	29歳	丸山豊に西日本新聞社とＮＨＫ福岡放送局を紹介され、エッセイやドラマを書き始める。一一月四日、長男泉誕生。
一九五七（昭和三二）年	30歳	はじめて炭坑を訪れる。
一九五八（昭和三三）年	31歳	九月、谷川雁・上野英信らと『サークル村』を創刊。遠賀郡中間町（現・中間市）の九州採炭株式会社医師宅兼診療所に谷川雁と同居して、上野英信・晴子家族と生活。
一九五九（昭和三四）年	32歳	春、上野夫妻が福岡市へ移る。八月、女性交流誌『無名通信』創刊。
一九六〇（昭和三五）年	33歳	五月、『サークル村』終刊。谷川主導のもと、サークル村会員から組織された大正行動隊が大正炭坑中鶴鉱業所の未払い賃金闘争に参加。

一九六一（昭和三六）年	34歳	五月、大正行動隊員の妹で『無名通信』のガリ版刷りを手伝っていた若い女性が、深夜、炭坑住宅の自宅で侵され、殺される。七月『無名通信』廃刊。一二月、大正行動隊員からレイプ犯が逮捕、被害者の兄が森崎宅前の香月線に投身自殺する。そのショックで、起床不能に陥る。六月、初の単行本『まっくら――女坑夫からの聞き書き』理論社。
一九六二（昭和三七）年	35歳	谷川に他者との対話を禁じられる。埴谷雄高宅を訪ね、彼の紹介で三一書房と打ち合わせる。六月「スイスイ託児所」を炭住に開設する。
一九六三（昭和三八）年	36歳	三月、雑誌『太陽』の依頼で対馬へと取材に出る。『非所有の所有――性と階級覚え書』現代思潮社。NHKラジオドラマの台本執筆が増える。
一九六四（昭和三九）年	37歳	元坑内坑外労働者の女性たちと「二十日会」というお茶飲み会を持ち合う。
一九六五（昭和四〇）年	38歳	二月、『第三の性――はるかなるエロス』三一書房。
一九六六（昭和四一）年	39歳	九月、サルトルとボーボワールに福岡市東中洲のホテルで会う。九州大学農学部への初の韓国人留学生趙誠之のことを、文学部司書の豊原怜子から知り、二人で趙にハングルを教わる。
一九六七（昭和四二）年	40歳	東本願寺宗務所の依頼で、「生きつづけるものへ」を執筆。
一九六八（昭和四三）年	41歳	四月、韓国の慶州中学校創立三〇周年記念祝賀会に、父の代理として出席。
一九六九（昭和四四）年	42歳	一〇月、東本願寺宗務所勤務・宗正元の依頼で講話後、京都嵯峨野で在日の老女に会い、在日の日常の話を聞く。

一九七〇（昭和四五）年	43歳	五月、『はのくにとの幻想婚』現代思潮社、『闘いとエロス』三一書房。北部九州の学生たちと「沖縄を考える会」を持つ。同月、与論島出身の三池炭坑夫とともに、与論島を訪問。私服警官・詩人の松崎武俊の訪問を受ける。
一九七一（昭和四六）年	44歳	一〇月、『異族の原基』大和書房、一二月『与論島を出た民の歴史』たいまつ社。松崎の世話で、海外へ売られた娘たちに関する資料を探す。
一九七二（昭和四七）年	45歳	五月、NHK―FM芸術劇場「誰も知らない海峡」放送。
一九七三（昭和四八）年	46歳	海外へ売られた娘たち「からゆきさん」の下書きに入る。
一九七四（昭和四九）年	47歳	四月、『奈落の神々』大和書房、一一月『匪賊の笛』葦書房。
一九七五（昭和五〇）年	48歳	六月、玄界灘沿いに漁業者集落を訪ねる。沖ノ島の伝承「お言わずさま」を漁民たちが語り聞かせる。「からゆきさん」を書きかえる。
一九七六（昭和五一）年	49歳	五月、『からゆきさん』朝日新聞社。福岡RKBテレビ「祭りばやしが聞こえる」取材班と各地の祭りを追う。
一九七七（昭和五二）年	50歳	四月、沖縄旅行。一二月、『ふるさと幻想』大和書房。同月、松崎武俊らとインドの仏蹟を巡る。
一九七八（昭和五三）年	51歳	二月、沖縄を取材する。『遙かなる祭』朝日新聞社。野添憲治との対話。一〇月、ラジオドラマ「海鳴り」放送。
一九七九（昭和五四）年	52歳	三月、『産小屋日記』三一書房、六月、『魂ッコの旅――野添憲治・森崎和江対談集』秋田書房。春、中間市から宗像市大井台へ転居。

一九八〇(昭和五五)年	53歳	一月、『ミシンの引き出し』大和書房。
一九八一(昭和五六)年	54歳	三月、『海路残照』朝日新聞社。一〇月、『髪を洗う日』大和書房。一二月、『旅とサンダル』花曜社。
一九八二(昭和五七)年	55歳	三月、『クレヨンを塗った地蔵』角川書店。一二月、『湯かげんいかが』東京書籍。
一九八三(昭和五八)年	56歳	四月、『消えがての道』花曜社。八月、『能登早春紀行』花曜社。
一九八四(昭和五九)年	57歳	三月、『慶州は母の呼び声』新潮社。九月、『津軽海峡を越えて』花曜社。『思想の科学』一〇月号で鶴見俊輔と対談。九州大学文学部に留学していた、植民地当時の金泉高女の後輩・蔡京希と出会う。
一九八五(昭和六〇)年	58歳	三月、蔡京希とともに韓国へ。旧友の金任順と連絡が取れ、クラスメート達と再会する。ソウルからの帰路、巨済島へ。金が運営する愛光園を訪れる。
一九八六(昭和六一)年	59歳	二月、『インドの風の中で』石風社。七月、『こだまひびく山河の中へ――韓国紀行』朝日新聞社。
一九八七(昭和六二)年	60歳	七月、「うぶめ飛ぶ頃」を『辺境』四号に掲載。
一九八八(昭和六三)年	61歳	一一月『トンカ・ジョンの旅立ち――北原白秋の少年時代』日本放送出版協会ほか出版。一〇月、明治時代の民権家・岡田孤鹿の足跡を訪ね、北海道へ調査旅行。
一九八九(平成元)年	62歳	一月、『大人の童話・死の話』弘文堂。家族旅行中の丸山豊が八月九日、アンカレッジにて逝去(七四歳)。
一九九〇(平成二)年	63歳	九月、『詩的言語が萌える頃』葦書房。

一九九一(平成三)年	64歳	六月、『風になりたや旅ごころ』葦書房。
一九九二(平成四)年	65歳	五月『荒野の郷――民権家岡田孤鹿と二人妻』朝日新聞社ほか出版。
一九九三(平成五)年	66歳	九月、『買春王国の女たち――娼婦と産婦による近代史』宝島社。NHKラジオドラマ「いのちの木の方へ」取材の旅、秋田県、長野県その他を歩く。
一九九四(平成六)年	67歳	二月、『いのちを産む』弘文堂。九月、『いのちの素顔』岩波書店。福岡県文化賞創造部門賞、西日本文化賞をそれぞれ受賞。
一九九五(平成七)年	68歳	二月二日、谷川雁逝去(七一歳)。七月、『二つのことば 二つのこころ――ある植民二世の戦後』筑摩書房。七月、訪韓。北朝鮮との非武装中立地帯・東草市を訪れる。
一九九六(平成八)年	69歳	四月、簾内敬司との往復書簡『原生林に風がふく』岩波書店。七月、丸山豊を題材としたRKBテレビドキュメント「月白の道――戦場から帰った詩人」取材のため、雲南省からミャンマーに向かうが、入国禁止のため雲南省で撮影する。
一九九七(平成九)年	70歳	八月二七日、上野晴子逝去(七〇歳)。
一九九八(平成一〇)年	71歳	四月、『いのち、響きあう』藤原書店ほか出版。
一九九九(平成一一)年	72歳	一〇月、『愛することは待つことよ――二十一世紀へのメッセージ』藤原書店。印税を愛光園に寄付する。
二〇〇〇(平成一二)年	73歳	八月、『いのちへの手紙』御茶の水書房ほか出版。

二〇〇一（平成一三）年	74歳	二月、『北上幻想――いのちの母国をさがす旅』岩波書店。四月、『見知らぬわたし――老いて出会ういのち』東方出版。九月、『いのちの母国探し』風濤社。『世界』一二月号に姜信子と対談。
二〇〇二（平成一四）年	75歳	九月、蔡京希の翻訳により韓国語版『からゆきさん』が出版。
二〇〇三（平成一五）年	76歳	三月四―七日、「ASLE―Japan／文学・環境学会」が琉球大学法文学部にて開催、招かれる。
二〇〇四（平成一六）年	77歳	一月、『いのちへの旅――韓国・沖縄・宗像』岩波書店ほか出版。
二〇〇五（平成一七）年	78歳	丸山豊記念現代詩賞受賞。
二〇〇六（平成一八）年	79歳	一月、『語りべの海』岩波書店。
二〇〇七（平成一九）年	80歳	八月、『草の上の舞踏――日本と朝鮮半島の間に生きて』藤原書店。
二〇〇八（平成二〇）年	81歳	藤原書店より『森崎和江コレクション　精神史の旅』全五巻発刊。
二〇〇九（平成二一）年	82歳	一一月二〇日、西南学院大学で公開講座。
二〇一〇（平成二二）年	83歳	五月二一日、『岩波講座　東アジア近現代通史』編集部を通じ、京都大学教授山室信一のインタビューを受ける。七月二五日、集英社八五周年企画『コレクション戦争×文学』編集室よりインタビューを受ける。
二〇一一（平成二三）年	84歳	四月、森崎和江と中島岳志の対談集『日本断層論――社会の矛盾を生きるために』NHK出版。
二〇一二（平成二四）年	85歳	一一月二三日、朝鮮近現代文学の研究者申知瑛のインタビューを受ける。

二〇一四(平成二六)年	87歳	二月、『いのちの自然』(やまかわうみ別冊)アーツアンドクラフツ。書き下ろしエッセイ「石炭について学んだことなど」を寄稿する。
二〇一五(平成二七)年	88歳	八月、『森崎和江詩集』(現代詩文庫)思潮社。
二〇一六(平成二八)年	89歳	五月、『いのる』(五感のえほん)山下菊二絵、復刊ドットコム。
二〇二二(令和四)年	95歳	六月一五日、森崎和江逝去。

参考……「森崎和江自撰年譜」『森崎和江コレクション　第五巻』
「森崎和江　年譜」『日本断層論』

著者紹介

堀 和恵（ほり・かずえ）

1955年大阪市に生まれる。中学校に勤め、社会科を教える。退職後、近現代史の中の闘う女性を中心に執筆活動にはいる。著書に『評伝 管野須賀子――火のように生きて』（2018年）、『『この世界の片隅』を生きる――広島の女たち』（2019年）、『評伝 九津見房子――凛として生きて』（2021年）、『評伝 伊藤野枝――あらしのように生きて』（2023年、以上郁朋社）。

評伝（ひょうでん） 森崎和江（もりさきかずえ）――女（おんな）とはなにかを問（と）いつづけて

2025年1月30日　初版第1刷発行©

著　者　堀　和恵
発行者　藤原良雄
発行所　株式会社 藤原書店

〒162-0041　東京都新宿区早稲田鶴巻町523
電　話　03（5272）0301
FAX　03（5272）0450
振　替　00160-4-17013
info@fujiwara-shoten.co.jp

印刷・製本　精文堂印刷

落丁本・乱丁本はお取替えいたします
定価はカバーに表示してあります

Printed in Japan
ISBN978-4-86578-447-3

感動の珠玉エッセイ集

いのち、響きあう

森崎和江

戦後日本とともに生き、「性とは何か、からだとは何か、そしてことばとは、世界とは」と問い続けてきた著者が、環境破壊の深刻な危機に直面して「地球は病気だよ」と叫ぶ声に答えて優しく語りかけた、〝いのち〟響きあう感動作。

四六上製　一七六頁　**一八〇〇円**
（一九九八年四月刊）
品切◇978-4-89434-100-5

民族とは、いのちとは、愛とは

愛することは待つことよ

〈二十一世紀へのメッセージ〉

森崎和江

日本植民地下の朝鮮半島で育った罪の思いを超えるべく、自己を問い続ける筆者と、韓国動乱後に戦災孤児院「愛光園」を創設、その後は、知的障害者らと歩む金任順（キムイムスン）。そのふたりが、民族とは、いのちとは、愛とは何かと問いかける。

四六上製　二二四頁　**一九〇〇円**
（一九九九年一〇月刊）
◇978-4-89434-151-7

朝鮮半島と日本の間で自分を探し続ける

草の上の舞踏

〈日本と朝鮮半島の間（はざま）に生きて〉

森崎和江

「私は幼い頃から朝鮮半島の風土をむさぼり愛した。国政と比すべくもない個の原罪意識に突き動かされるまま、列島の北へ南へと海沿いの旅を重ねた。一人前の日本の女へと納得できるわが身を求めながら」（森崎和江）――植民地下の朝鮮で生まれ育った著者の、戦後の生き直しの歳月。

四六上製　二九六頁　**二四〇〇円**
（二〇〇七年八月刊）
◇978-4-89434-586-7

自然と人間の新たな関係性を問う

「場所」の詩学

〈環境文学とは何か〉

生田省悟・村上清敏・結城正美編
G・スナイダー／高銀／森崎和江／内山節ほか

特定の「場所」においてこそ、自然―人間の関係がある――絶え間ない自然環境の危機に直面する今、自然と人間との新たな関係性を模索し、関係の織りなされてきた歴史・文化が蓄積される地点としての「場所」を再考する試み。

四六上製　三〇四頁　**二八〇〇円**
（二〇〇八年三月刊）
◇978-4-89434-619-2

全三部作がこの一巻に

苦海浄土 全三部

石牟礼道子

『苦海浄土』は、「水俣病」患者への聞き書きでも、ルポルタージュでもない。患者とその家族の、そして海と土とともに生きてきた民衆の、魂の言葉を描ききった文学として、"近代"に突きつけられた言葉の刃である。半世紀をかけて『全集』発刊時に完結した三部作(苦海浄土/神々の村/天の魚)を全一巻で読み通せる完全版。

解説＝赤坂真理／池澤夏樹／加藤登紀子／鎌田慧／中村桂子／原田正純／渡辺京二

四六上製　一一四四頁　**四二〇〇円**　(二〇一六年八月刊)　◇978-4-86578-083-3

『苦海浄土』三部作の核心

新版 神々の村 『苦海浄土』第二部

石牟礼道子

第一部『苦海浄土』、第三部『天の魚』に続き、四十年の歳月を経て完成。「『第二部』はいっそう深い世界へ降りてゆく。(…)作者自身の言葉を借りれば『時の流れの表に出て、しかとは自分を主張したことがないゆえに、探し出されたこともない精神の秘境』である」(**解説＝渡辺京二氏**)

四六並製　四〇八頁　**一八〇〇円**　(二〇〇六年一〇月／二〇一四年二月刊)　◇978-4-89434-958-2

名著『苦海浄土』から最高傑作『春の城』へ!

完本 春の城

石牟礼道子

解説＝田中優子　赤坂真理　町田康　鈴木一策

四十年以上の歳月をかけて『苦海浄土 全三部』は完結した。天草生まれの著者は、十数年かけて徹底した取材調査を行い、遂に二十世紀末、『春の城』となって作品が誕生した。著者の取材紀行文やインタビュー等を収録、多彩な執筆陣による解説、詳細な地図や年表も附し、著者の最高傑作決定版を読者に贈る。**[対談] 鶴見和子**

四六上製　九一二頁　**四六〇〇円**　(二〇一七年七月刊)　◇978-4-86578-128-1

石牟礼道子はいかにして石牟礼道子になったか?

葭(よし)の渚 石牟礼道子自伝

石牟礼道子

無限の生命を生む美しい不知火海と心優しい人々に育まれた幼年期から、農村の崩壊と近代化を目の当たりにする中で、高群逸枝と出会い、水俣病を世界史的事件ととらえ『苦海浄土』を執筆するころまでの記憶をたどる。『熊本日日新聞』大好評連載、待望の単行本化。失われゆくものを見つめながら「近代とは何か」を描き出す白眉の自伝!

四六上製　四〇〇頁　**二二〇〇円**　(二〇一四年一月刊)　◇978-4-89434-940-7

未発表処女作を含む初期作品集！

不知火おとめ
（若き日の作品集1945–1947）

石牟礼道子

戦中戦後の時代に翻弄された石牟礼道子の青春。その若き日の未発表の作品がここに初めて公開される。十六歳から二十歳の期間に書かれた未完歌集『虹のくに』、代用教員だった敗戦前後の日々を綴る「錬成所日記」、尊敬する師宛ての手紙、短篇小説・エッセイほかを収録。

Ａ５上製　二一六頁　**二四〇〇円**　**口絵四頁**
（二〇一四年一一月刊）◇978-4-89434-996-4

高群逸枝と石牟礼道子をつなぐもの

最後の人　詩人　高群逸枝

石牟礼道子

世界に先駆け「女性史」の金字塔を打ち立てた高群逸枝と、人類の到達した近代に警鐘を鳴らした世界文学『苦海浄土』を作った石牟礼道子をつなぐものとは。『高群逸枝雑誌』連載の表題作と未発表の「森の家日記」、最新インタビュー、関連年譜を収録！

四六上製　四八〇頁　**三六〇〇円**　**口絵八頁**
（二〇一二年一〇月刊）◇978-4-89434-877-6

生前交流のあった方々の御霊に捧げる悼詞

無常の使い

石牟礼道子

荒畑寒村、細川一、仲宗根政善、白川静、鶴見和子、橋川文三、上野英信、谷川雁、本田啓吉、井上光晴、砂田明、土本典昭、石田晃三、田上義春、川本輝夫、宇井純、多田富雄、八田昭男、原田正純、木村栄文、野呂邦暢、杉本栄子、久本三多ら、生前交流のあった二三人の御霊に捧げる珠玉の言霊。

Ｂ６変上製　二五六頁　**一八〇〇円**
（二〇一七年二月刊）◇978-4-86578-115-1

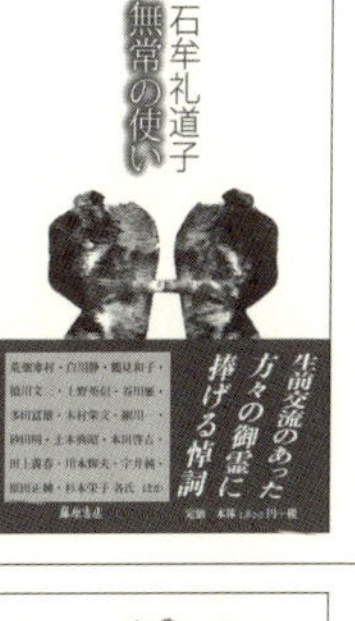

絶望の先の〝希望〟

花の億土へ

石牟礼道子

「闇の中に草の小径が見える。その小径の向こうのほうに花が一輪見えている」――東日本大震災を挟む足かけ二年にわたり、石牟礼道子が語り下ろした、解体と創成の時代への渾身のメッセージ。映画『花の億土へ』収録時の全テキストを再構成・編集した決定版。

＊映像作品（ＤＶＤ）につきましては、三二〇頁をご覧ください。

Ｂ６変上製　二四〇頁　**一六〇〇円**
（二〇一四年三月刊）◇978-4-89434-960-5

渾身の往復書簡

言魂（ことだま）

石牟礼道子＋多田富雄

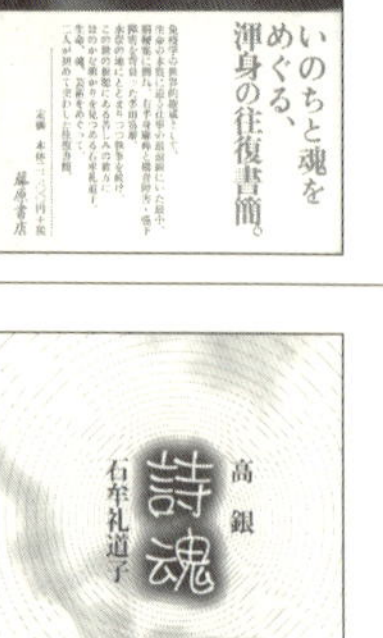

免疫学の世界的権威として、生命の本質に迫る仕事の最前線にいた最中、脳梗塞に倒れ、右半身麻痺と構音障害・嚥下障害を背負った多田富雄。水俣の地に踏みとどまりつつ執筆を続け、この世の根源にある苦しみの彼方にほのかな明かりを見つめる石牟礼道子。生命、魂、芸術をめぐって、二人が初めて交わした往復書簡。『環』誌大好評連載。

B6変上製　二一六頁　**二二〇〇円**（二〇〇八年六月刊）

品切◇978-4-89434-632-1

韓国と日本を代表する知の両巨人

詩魂

高銀（コウン）＋石牟礼道子

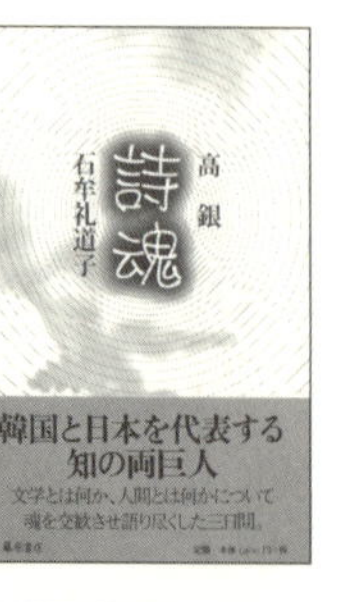

石牟礼「人と人の間だけでなく、草木とも風とも一体感を感じる時があって、そういう時に詩が生まれます」。

高銀「亡くなった漁師たちの魂に、もっと海の神様たちの歌を歌ってくれと言われて、詩人になったような気がします」。

韓国を代表する作家・詩人の高銀と、日本を代表する詩人の石牟礼道子が、魂を交歓させ語り尽くした三日間。

四六変上製　一六〇頁　**一六〇〇円**（二〇一五年一月刊）

◇978-4-86578-011-6

作家・詩人と植物生態学者の夢の対談

水俣の海辺に「いのちの森」を

宮脇昭＋石牟礼道子

「私の夢は、『大廻り（うまわ）の塘（とも）』の再生です」――石牟礼道子の最後の夢、子ども時代に遊んだ、水俣の海岸の再生。そこは有機水銀などの毒に冒され、埋め立てられている。アコウや椿の木、魚たち……かつて美しい自然にあふれていたふるさとの再生はできるのか？　水俣は生まれ変われるか？　「森の匠」宮脇昭の提言とは？

B6変上製　二一六頁　**二〇〇〇円**（二〇一六年一〇月刊）

◇978-4-86578-092-5

水俣の再生と希望を描く詩集

坂本直充詩集

光り海

坂本直充

推薦＝石牟礼道子

特別寄稿＝柳田邦男　解説＝細谷孝

「水俣病資料館館長坂本直充さんが詩集を出された。胸が痛くなるくらい、穏和なお人柄である。「毒死列島身悶えしつつ野辺の花」という句をお贈りしたい。」（石牟礼道子）

A5上製　一七六頁　**二八〇〇円**（二〇一三年四月刊）

第35回熊日出版文化賞受賞

◇978-4-89434-911-7

"玄洋社"生みの親は女性だった！

新版

凜
〈近代日本の女魁・高場乱〉

永畑道子

新版序文＝小林よしのり
解説＝石瀧豊美

胎動期近代日本の主役の一翼を担った玄洋社は、どのように生まれ、戦後の日本史の中で、なぜ抹殺されたのか？　玄洋社生みの親である女医・高場乱の壮絶な生涯を描き切る名作を、新たに解説を加え刊行！

四六上製　二六二頁　**二二〇〇円**
（一九九七年三月／二〇一七年六月刊）
◇978-4-86578-129-8

知られざる逸枝の精髄

わが道はつねに吹雪けり
〈十五年戦争前夜〉

高群逸枝著
永畑道子編著

満州事変勃発前夜、日本の女たちは自らの自由と権利のために、文字通り命懸けで論争を交わした。山川菊栄・生田長江・神近市子らを相手に論陣を張った若き逸枝の、粗削りながらその思想が生々しく凝縮したこの時期の、『全集』未収録作品を中心に編集。

A5上製　五六八頁　**六六〇二円**
（一九九五年一〇月刊）
◇978-4-89434-025-1

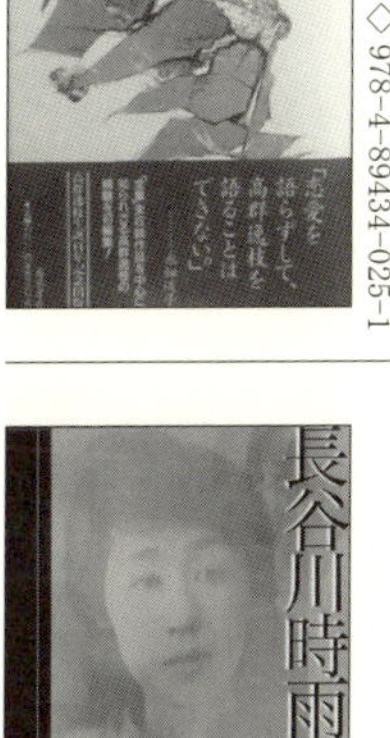

長谷川時雨、初の全体像

長谷川時雨作品集

尾形明子編＝解説

日本初の〈女性歌舞伎作家〉にして〈現代女性文学の母〉、長谷川時雨。七冊の〈美人伝〉の著者にして、雑誌「女人芸術」を主宰、林芙美子・円地文子・尾崎翠……数々の才能を世に送り出した女性がいた。

口絵八頁

四六上製特装貼函入　五四四頁　**六八〇〇円**
（二〇〇九年一一月刊）
◇978-4-89434-717-5

林芙美子の真実に迫る

華やかな孤独
作家　林芙美子

尾形明子

誰よりも自由で、誰よりも身勝手で、誰からも嫌われ、そして誰よりも才能に溢れた作家がいた。同時代を生きた女性作家を取材し、戦争の最中、また戦後占領期、林芙美子がどう生きたか、新たな芙美子像を浮彫りにする。『環』好評連載の単行本化。

口絵四頁

四六上製　二九六頁　**二八〇〇円**
（二〇一二年一〇月刊）
◇978-4-89434-878-3